Mirjam Pressler

Ich bin's, Kitty

Für Yolanda, Noah und Joshua,
meine großen Katzenliebhaber

Mirjam Pressler

Ich bin's, Kitty

Aus dem Leben einer Katze

Roman

Mit Illustrationen von
Rotraut Susanne Berner

BELTZ
& Gelberg

Dieses Buch ist erhältlich als
ISBN 978-3-407-82357-1 Print
ISBN 978-3-407-74928-4 (E-Book/EPUB)

FSC www.fsc.org
MIX
Papier aus verantwortungsvollen Quellen
FSC® C089473

in der Verlagsgruppe Beltz · Weinheim Basel
Werderstraße 10, 69469 Weinheim

Lektorat: Frank Griesheimer
Einbandbild und -typografie: Rotraut Susanne Berner
Satz, Herstellung: Antje Birkholz
Druck, Bindung: Beltz Bad Langensalza GmbH,
Bad Langensalza
Printed in Germany
1 2 3 4 5 6 21 20 19 18

Weitere Informationen zu unseren Autoren und Titeln
finden Sie unter: www.beltz.de

Das Leben kann nur in der Schau
nach rückwärts verstanden, aber nur in der Schau
nach vorwärts gelebt werden.

SØREN KIERKEGAARD

Vorwort

»Eine schöne Geschichte«, sagt Flecki einmal in diesem Buch. »Aber ist sie auch wahr?« Und der weise Kater Bruno sagt: »Das ist doch egal, sie könnte jedenfalls wahr sein.«

So ist das mit Geschichten. Ich bin, wie viele andere, öfter gefragt worden, was für ein Tier ich sein wollte, wenn ich die Wahl hätte, und ich habe, je nach Lebenssituation, verschiedene Tiere genannt, zum Beispiel mal eine Tigerin, mal einen Vogel. Aber immer wieder eine Katze. Was mir an Katzen gefällt? Das ist, abgesehen von ihrer Schönheit und ihren geschmeidigen, eleganten Bewegungen, vor allem ihre Unabhängigkeit. Ihre Selbstbezogenheit, die nichts mit dem menschlichen Egoismus zu tun hat, sondern mit Freiheit, mit Selbstgenügsamkeit, mit einer Einheit von Körper und Geist. Ich liebe Katzen, und ich bin allen Katzen dankbar, die mit mir ihr Leben geteilt haben. Und falls es so etwas wie Seelenwanderung gibt, würde ich gern als Katze auf die Welt kommen. Vielleicht als eine Katze wie Kitty.

M. P.

1

Katzenbabys
soll man küssen,
damit sie sich nicht
fürchten müssen.
Ein lieber Kuss
zur rechten Zeit
spart Kätzchen
Ängste und viel Leid.

Emma

»Sie heißt Kitty, Kitty mit Ypsilon«, sagte meine Menschenfrau, als sie mich zum ersten Mal zum Impfen gebracht und auf einen glatten Tisch gesetzt hatte, sodass ich auf der Stelle ausrutschte und mit dem Bauch auf das kalte Metall klatschte.

Der Tierarzt, ein älterer Mann, etwas beleibt und mit einer glänzend polierten Glatze, hob mich sofort hoch und setzte mich auf eine weiche Zellstoffunterlage. Was für ein mitfühlender Mann, dachte ich, ein Mann mit einem großen Herzen für kleine Katzen.

Er betastete mich vorsichtig mit seinen warmen Händen, leuchtete mir mit einer schmalen Stablampe in den Mund und maß meine Temperatur, bevor er mir eine Spritze und anschließend zur Belohnung ein Extra gab. Dann sagte er: »Was für ein besonders schöner Name für so ein rotes Kätzchen. Übrigens, die Kleine ist kerngesund. Es gibt keinen Grund, sich Sorgen um sie zu machen, Frau Schwert.«

So habe ich also erfahren, dass meine Pflegemutter Frau Schwert hieß, und als sie später von einer ehemaligen Kollegin besucht wurde, hörte ich auch ihren Vornamen: Emma.

Wo ich geboren worden war und ob ich vielleicht früher einen anderen Namen gehabt hatte, wusste ich nicht mehr. Damals war ich noch sehr klein und kleine Katzen vergessen bekanntlich alles. Aber etwas wusste ich noch, ich hatte eine große Schwester, auch wenn ich mich nicht erinnerte, wie sie hieß oder wie sie aussah. Manchmal schwebte sie mir wie eine graue Nebelschwade durch den Kopf, und dann hätte ich mich gern mit ihr unterhalten, selbst wenn es nur in Gedanken gewesen wäre. Aber wie kann man sich mit einer namenlosen Nebelschwade unterhalten? Vielleicht, dachte ich, werde ich irgendwann einen passenden Namen für sie finden müssen, mit dem ich sie rufen kann. Könnte ja sein, dass sie mich hört.

Natürlich gibt es für neugeborene Katzen nichts Wichtigeres als ihre Mütter. Mütter bringen sie auf die Welt,

Mütter sorgen dafür, dass sie satt sind, Mütter stellen sich vor sie, wenn Gefahr droht, Mütter lecken ihren Bauch, um ihre Verdauung in Gang zu halten. Mütter sind einfach da. Doch gerade deshalb, durch ihre ständige Gegenwart, sind sie so selbstverständlich, dass keiner großartig über sie nachdenkt. Quasi ein Teil von einem selbst.

Schwestern hingegen spielen eine ganz besondere Rolle. Jede kleine Katze braucht mindestens eine ältere Schwester, um von ihr zu lernen, was man darf und was nicht, vor wem man sich aufplustert und vor wem man sich duckt und wie man sich in der Welt zurechtfindet, kurz gesagt, was es heißt zu leben. Das alles sind Dinge, über die man ständig nachdenken muss. Die älteren Schwestern machen einem vor, wie es geht, die jüngeren machen es einem nach, und beides ist gleich wichtig. Es war, glaube ich, wirklich ein Unglück, dass ich meine Schwester verloren hatte.

2

Man kann nicht
alles vorher wissen,
man wird es wohl
erfahren müssen.
Nur durch Erfahrung
wird man klug,
oft ist auch das
noch nicht genug.

Emma

Das Einzige, woran ich mich, wenn auch nur undeutlich, erinnern kann, ist das dramatische Geschehen, mit dem mein altes Leben endete und das neue mit Emma Schwert, meinem Frauchen, begann. Mein eigentliches Leben.

Ich weiß noch, dass ich mit einigen anderen Katzen auf einer Wiese am Rand eines Teichs gespielt hatte. Es roch nach Gras und Blumen und vom Teich her wehte der Geruch nach Entengrütze und Algen. Es war ein Tag, wie geschaffen für kleine Katzen.

Wie alt ich damals war? Keine Ahnung. Ein blinder Säugling war ich jedenfalls nicht mehr. Meine Augen müssen schon offen gewesen sein, denn mir fiel plötzlich ein rundes, gewölbtes, kissenartiges Grasbüschel am Teichrand auf, mit kurzen, kräftigen Stängeln und einem ganzen Wust aus gelben Sumpfdotterblumen.

Ich kann mich nicht erinnern, was mich in jenem Moment überkam, es wird wohl die gelbe Farbe gewesen sein, die mich in den Nasenlöchern kitzelte und mir in den Augen glitzerte, jedenfalls wagte ich den ersten großen Sprung meines Lebens und landete mitten auf dem Butterblumenkissen.

Dass dies ein leichtsinniges und überaus gefährliches Unternehmen war, weil es sich um ein schwimmendes Graskissen handelte, merkte ich erst, als ich aufprallte und sich das Kissen dadurch vom Rand löste und auf die Seite kippte. Ich versank im Teich. Mein Erschrecken und die Panik, als mir das modrige, verschlammte Wasser in Mund und Nase drang und in den Ohren rauschte, waren so groß, dass ich dachte: Gleich ist mein Leben zu Ende, ohne dass es eigentlich richtig begonnen hat. Gleich bin ich tot.

Dabei wusste ich damals noch nicht, was das heißt: tot sein, auch nichts davon, dass Katzen üblicherweise sieben Leben geschenkt bekommen. Niemand hatte mir je davon erzählt. Doch dann dachte ich, dass es vielleicht Dinge gibt, die man schon im Mutterleib lernt, ohne dass man ahnt, was sie bedeuten. (Das habe ich mir, ehrlich gesagt, erst später überlegt, als ich Emma davon erzählte. Ihr hat diese Vorstellung vom Lernen im Mutterleib gut gefallen, »ein durchaus nachdenkenswerter Gedanke«, hat sie gesagt.)

Damals, im Teich, ergab ich mich in mein Schicksal und war bereit, viel zu früh zu sterben, als mich plötzlich ein großer Kater mit einer riesigen Pranke am Genick packte und unsanft zurück auf die Wiese warf.

Jemand befahl mir, im Gras zu warten, bis meine vom Uferschlamm verklebten Haare von der Sonne getrocknet waren und mir zwei oder drei Katzen das Fell wieder sauber geleckt hatten. Ich ließ alles mit mir geschehen. Manchmal forderten sie mich auf, mich vom Rücken auf den Bauch zu drehen oder von einer Seite auf die andere zu wechseln, dann wieder musste ich die Pfoten anheben, damit sie mich auch zwischen den Zehen reinigen konnten.

Es war ein klarer Tag im Spätfrühling, überall blühten Blumen, die Vögel im nahen Wäldchen zwitscherten, ab und zu bellte in der Ferne ein Hund, ein anderer antwortete, Bienen flogen summend von Blüte zu Blüte und da und dort flatterte ein Schmetterling. Und ich lag im Gras und hatte nur einen Gedanken: Wie schön ist es doch, am Leben zu sein und das alles zu hören und zu sehen und die Sonne und die rauen Katzenzungen auf meinem Fell zu spüren.

Natürlich habe ich die Geschichte ein wenig ausgeschmückt, als ich sie Emma erzählte. Ohne Details wirkt eine Geschichte nicht nur langweilig, sondern auch unglaubwürdig, wie Emma selbst gesagt hatte, und ich wollte doch so sehr, dass sie mir glaubte. Außerdem wusste ich da schon, wie sehr Emma Pflanzen und Tiere liebte, und ich wollte ihr eine Freude machen. Und außerdem wird es wohl so oder so ähnlich gewesen sein, denn was danach passierte, habe ich mir nicht ausgedacht, es hat sich wirklich genau so abgespielt.

Irgendwann muss ich wohl eingeschlafen sein, denn als ich endlich die Augen aufschlug, war es dunkel und der große Kater mit den Riesenpranken war verschwunden, auch von den anderen Katzen war nichts mehr zu sehen. Vielleicht ist es ja schon dunkel gewesen, als sie weggegangen sind, dachte ich. Sie haben mich gerufen und ich habe es nicht gehört. Sie haben geglaubt, ich laufe ihnen hinterher, und stattdessen habe ich geschlafen.

Manchmal denke ich auch heute noch an sie und frage mich, ob sie wohl meine Mutter und meine Schwester gewesen sind und der Kater mein Vater. Vermutlich ja, wer sollten sie sonst gewesen sein? Aber dann schiebe ich den Gedanken schnell zur Seite. Ich werde es nie erfahren und unnötiges Grübeln hilft niemandem und bringt einen nur auf dumme Gedanken.

Obwohl es mir später nicht mehr so wichtig war, wo und wie ich früher gelebt hatte. Es war so lange her, es war fast, als hätte es das nie gegeben.

3

Manchmal, wenn
es Morgen wird,
sind Katzenkinder
ganz verwirrt.
Doch dann, bestimmt,
kommt es zurück,
das große
KleineKatzen-Glück.

Emma

Mit jener Fast-Katastrophe hat mein eigentliches Leben angefangen, jedenfalls das, woran ich mich deutlich erinnere.

Ich hockte also im Gras, ganz allein, und hatte keine Ahnung, wie es jetzt weitergehen sollte. Es wurde immer dunkler und mit der Dunkelheit kam die Kälte. Der Mond ging auf und wieder unter, und als es schließlich Morgen wurde, beugte sich plötzlich eine alte Menschenfrau über mich, hob mich hoch, drückte mich an ihre weiche, runzlige Wange und gab mir einen Kuss, jenen wichtigen lieben Kuss zur rechten Zeit, der nicht nur Kätzchen Kummer und Leid erspart.

Ich zitterte vor Kälte, und sie zog ihre Strickjacke aus. Die Wolle roch süß und fremd, ein Geruch, den ich noch nie wahrgenommen hatte. Später sollte ich erfahren, dass es der Duft von Lavendel war, weil sie immer Lavendelsträußchen zwischen Kleidung und Wäsche legte. Sie wickelte mich in ihre Jacke und trug mich in das Eckhaus einer Reihenhaussiedlung, mit noch taufeuchten Stockrosen am Zaun. Aus den Schornsteinen stieg Rauch wie weiße Wattewolken.

Schon bald wurde dieses Haus mein Daheim, hier gehörte ich her, zu meiner Pflegemutter, die mir zu essen und zu trinken gab und mich streichelte, wenn ich das wollte, und mich, ohne beleidigt zu sein, in Ruhe ließ, wenn ich ihr mit erhobenem Schwanz den Rücken zukehrte.

Anfangs habe ich mich über ihre vielen Falten gewundert, wir Katzen bleiben ja unser Leben lang glatt und schön. Doch als ich mich an ihr altes Gesicht gewöhnt hatte, stellte ich fest, dass Menschen uns Katzen etwas absolut Bewundernswertes voraushaben: Sie können lachen, sie können weinen, und ihr Lächeln und vor allem ihre Stimmen können weit differenziertere Empfindungen ausdrücken, als leises oder lautes Miauen oder Schnurren es je schaffen. Wenn sie sich nicht absichtlich verstellen, sieht man den Menschen ihre Stimmungen und Launen an. Freude, Frust, Vergnügen, Zorn, Enttäuschung, Wut, Zuneigung, Ekel, Hass, Liebe, Abscheu, Glück - das alles und noch viel mehr kann man in ihren Gesichtern lesen. Mimik nennt man das. Es hat allerdings ziemlich lange gedauert, bis ich gelernt hatte, die Mimik meines Frauchens richtig zu deuten und einzuordnen.

Uns Katzen ist das leider nicht gegeben, obwohl wir durch verschieden hohes und kurzes oder gedehntes Miauen schon einige Ausdrucksmöglichkeiten haben. Und wir können fauchen und kratzen, wenn wir wütend sind. Aber wie sollten wir zum Beispiel zeigen, dass wir glücklich sind?

Wenn ich mich freue, kann ich zwar schnurren, aber das ist nichts anderes als ein Zeichen von körperlichem Wohlbehagen und bezieht sich nur auf das angenehme Gefühl, satt und warm und entspannt irgendwo herumzuliegen. Mit Glück hat das nichts zu tun. Glück ist, wenigstens für mich und vielleicht überhaupt für alle Katzen, eine sehr seltene Empfindung, es fühlt sich an wie ein sanftes Summen tief in meinem Inneren, ohne dass ich sagen könnte, wo es anfängt oder aufhört. Es ist ein warmes Gefühl, das sich vom Bauch aus ausbreitet und bis in die Pfoten fließt und das ich oft erst bemerke, wenn es sich schon wieder zurückzieht und ich anfange zu zittern, als wäre mir kalt. Besser kann ich es nicht erklären, ich konnte es auch meinem Frauchen nicht mitteilen, weil mir dafür die Worte fehlten. Vielleicht war das ja gar nicht nötig, ich glaube, sie verstand mich auch so.

4

Satt gefuttert,
leicht verschlafen,
leben Katzen
wie die Grafen.

von mir

Ja, dieser Satz stammt von mir. Er ist zu meinem Lebensmotto geworden, das mich von meiner Kindheit an begleitet hat und mich, ehrlich gesagt, auch heute noch begleitet.

Es müssen an die zwei Jahre gewesen sein, die wir gemeinsam verbrachten, mein Frauchen und ich, denn ich war inzwischen ausgewachsen und hatte auch ein bisschen Fett auf die Rippen bekommen. Und die Stockrosen hatten mindestens ein- oder zweimal im Sommer geblüht und ein- oder zweimal im Herbst ihre Blätter abgeworfen.

Das Reiheneckhaus war zu meinem Heim geworden.

Es war kein besonders großes Haus, aber eigentlich zu groß für eine alte Frau und ihre Katze, ein bisschen kleiner hätte es auch getan. Im Erdgeschoss befanden sich die Küche und das Wohnzimmer, außerdem noch eine Speisekammer und eine Toilette, im ersten Stock ein Badezimmer, das Schlafzimmer und ein Gästezimmer. Weil Emma allerdings nie Gäste hatte, jedenfalls nicht in der Zeit, in der wir beide zusammen in diesem Haus wohnten, hatte sie ihre Nähmaschine und das Bügelbrett im Gästezimmer abgestellt und auch sonst hineingeräumt, was ihr im Weg stand. Zum Beispiel den Wäschetrockner. Genau genommen war das Gästezimmer also eine Abstellkammer, obwohl auch ein Bett und ein Nachttisch darin standen. Übrigens, mein Katzenklo war unten im Flur, in der Ecke neben der Kellertür.

Das Haus gehörte uns beiden allein. Emma bekam nur selten Besuch. Manchmal tauchte eine ehemalige Kollegin auf. Ansonsten erschien jeden Morgen Herr Holbein, der Hausmeister der Siedlung, um nachzuschauen, ob alles in Ordnung war. Oder es kam der Postbote, der einmal in der Woche die Fernsehzeitung brachte und dann oft eine Tasse Kaffee bei uns trank. Oder Fabi, der Sohn des Lebensmittelhändlers, der die Einkäufe auslieferte, wenn Emma anrief und sagte, sie sei heute ein bisschen schwächlich.

Wir führten ein gutes Leben. Gleich nach dem Frühstück (Trockenfutter für mich, Müsli für mein Frauchen und Kakao für uns beide) machten wir es uns bei schlechtem Wetter für zwei, drei Stunden im Wohnzimmer bequem, bei gutem Wetter auf der überdachten Terrasse. Mein Frauchen, eine pensionierte Lehrerin, hatte es sich nämlich in den Kopf gesetzt, mir Lesen und Schreiben beizubringen, weil es, wie sie mir Tag für Tag versicherte, auf der Welt nichts Schöneres gab als Sommer, Sonne und ein interessantes Buch. Und dann fügte sie ebenso regelmäßig hinzu: »Und wenn's metaphysisch wird, dann ist es besonders schön.«

(Ich habe übrigens nie verstanden, was sie mit »metaphysisch« meinte, es muss eines jener Wörter sein, die wir Katzen mit unseren anders gearteten, aber keineswegs armseliger ausgefallenen Gehirnen nicht verstehen können. Katzen sind eben das, was man pragmatische Philosophen nennen könnte, sie zerbrechen sich nur ungern den Kopf über mystische Gedankengänge, die niemandem etwas nützen.)

Ob mein Frauchen eine besonders gute Lehrerin war oder ich eine besonders schlaue Schülerin, habe ich nie herausgefunden, das Experiment ist jedenfalls gelungen, ich konnte schon bald so gut lesen wie ihre Schulkinder früher. Und manchmal sagte sie sogar, sie wäre froh gewesen, hätte sie damals ein paar helle Köpfe wie mich gehabt. »Die meisten meiner Schüler waren schrecklich ignorant«, sagte sie einmal, und als ich wissen wollte, was »ignorant« bedeutete, sagte sie: »Dieses Wort brauchst du dir nicht zu merken, es hat nichts mit dir zu tun.«

Ich lernte jeden Tag neue Wörter und Begriffe. Als ich ein Jahr alt war, sagte Emma, ich spräche schon wie ein Kind mit sieben, mit zwei würde ich vermutlich wie eine Vierzehnjährige sprechen und mit drei wie ein halbwegs erwachsener Mensch.

Mit dem Schreiben klappte es allerdings nicht so gut wie

mit dem Lesen. Meine Pfoten sind, wie ich finde, mit den elegant gebogenen kastanienbraunen Krallen besonders hübsch, aber kaum dazu geschaffen, einen Stift zu halten. Und als Emma beschloss, mir auch das Rechnen beizubringen, erwies sich das als Reinfall und sie gab den Versuch bald wieder auf. »Was Zahlen betrifft, bist du wirklich ignorant«, sagte sie. Und so habe ich schließlich doch noch herausgekriegt, was »ignorant« heißt, nämlich dumm und unwissend.

Als ich das ziemlich triumphierend zu Emma sagte, widersprach sie. »Dumm und unwissend ist nicht alles. Ignorant heißt auch, dass jemandem die Möglichkeit geboten wird, klüger zu werden, und er die Chance aus irgendwelchen Gründen ablehnt.«

»Das heißt dann ja doch, dass er dumm ist«, sagte ich.

Emma lachte und machte eine abwehrende Bewegung mit der Hand. »Genug, Kitty, stell dich nicht ignoranter, als du bist. Ich weiß genau, dass du mich verstanden hast.«

Was wir beide besonders liebten, waren Gedichte. Sie hat mir das Reimen beigebracht und bald dichtete ich ebenso gern wie sie. Meine Verse brachten sie oft zum Lachen, auch wenn sie meine Katzenkinder-Weltsicht ein bisschen zu simpel fand. Zum Beispiel: *Ich bin noch klein, mein Fell ist rein. Meine Pfoten sind schmutzig, ist das nicht putzig?* Oder auch: *Frisst eine Katze Räucherschinken, kann sie hinterher viel trinken.* (Räucherschinken gehörte zu meinen Lieblingssnacks. Heute übrigens auch noch.)

Eine »naive paarige Dichtung« nannte Emma das, wenn sich zwei aufeinanderfolgende Zeilen reimten. Warum das naiv sein sollte, habe ich nie verstanden, obwohl ich damals tatsächlich ziemlich naiv war und wenig von der Welt außerhalb unseres Hauses wusste. Trotzdem bin ich der Meinung, dass es vor allem die Themen sind, die Menschen- und Katzengedichte voneinander unterscheiden. Mein Frauchen schwärmte hauptsächlich von der Schönheit der Natur, von Sonnenuntergängen und Sternenhimmeln, während ich mich, ehrlich gesagt, seit frühester Kindheit vor allem für Essbares interessierte und Sonnenuntergänge und Sternenhimmel für eher unwichtig hielt. Laut gesagt habe ich das natürlich nicht, ich wollte ihre Gefühle nicht verletzen.

Für sie lag Schönheit, wie sie immer wieder betonte, im Auge des Betrachters, damit meinte sie wohl, dass das schön ist, was man gern anschaut. Für Menschen mag das vielleicht zutreffend sein, aber nicht für Katzen. Auch nicht für solche, die lesen und schreiben können. Für uns liegt Schönheit vor allem in einem angenehm gefüllten Bauch und einem warmen Sofakissen. Für Emma war Schönheit immer etwas Gedankliches, für mich etwas Greifbares, Körperliches. Das ist ein großer Unterschied.

Übrigens: Ich hatte schon nach einigen Wochen angefangen, sie Emma zu nennen. Sie hatte mich selbst darum gebeten, weil sie das Wort »Frauchen« für eine Frau in ihrem doch schon fortgeschrittenen Alter nicht nur unpassend fand, sondern geradezu albern. »Jeder hat das Recht auf seinen Namen«, sagte sie, »und mein Name ist Emma. Punkt.«

Diese Worte trafen offenbar eine besonders empfindliche Stelle in meinem Inneren, jedenfalls habe ich ihr von der grauen, namenlosen Nebelschwade erzählt, meiner Schwester, für die ich gern einen Namen hätte, um sie wenigstens in

Gedanken ansprechen zu können. »Ich kann sie noch nicht mal in Gedanken herbeirufen, weil sie keinen Namen hat«, sagte ich.

»Weißt du wirklich nichts mehr von ihr?«, fragte Emma.

Ich schüttelte den Kopf. »Nein, ich bin mir noch nicht mal sicher, ob die Katze, die damals neben mir saß, wirklich meine Schwester war. Vermutlich schon, denn wer sollte sie sonst gewesen sein? Ich erinnere mich nur an die letzten Worte, die ich von ihr gehört habe. ›Nein, tu's nicht!‹, hat sie gesagt, als ich die Muskeln zum ersten Sprung meines Lebens anspannte. ›Nein, tu's nicht!‹ Alles andere habe ich vergessen. Nicht nur die Erinnerung an ihr Aussehen, auch an irgendetwas, was sie vielleicht sonst noch gesagt hat. Alles ist im Teich untergegangen und hat sich im Wasser aufgelöst.«

Emma schwieg eine Weile. Und erst als ich schon fürchtete, ihr würde ebenfalls nichts einfallen, sagte sie: »Nenn sie doch Kassandra. In der griechischen Mythologie war Kassandra eine große Seherin, auf die keiner hören wollte. Bis heute bezeichnet man Warnungen, die man nicht glaubt, als Kassandra-Rufe. Deine Schwester hatte offenbar eine prophetische Begabung, deshalb würde der Name Kassandra gut zu ihr passen. Und du hast schließlich auch nicht auf sie gehört. Kassandra ist ein guter Name für sie.«

Ab da nannte ich meine Schwester in Gedanken Kassandra. Aber irgendwie klappte das damals nicht richtig, jedenfalls antwortete sie mir nicht, egal wie oft ich es auch versuchte. Vielleicht brauchte sie noch eine Weile, um sich an ihren neuen Namen zu gewöhnen.

5

Jeder kann sich irren,
sogar eine Katze,
und nicht alles,
was sich reimt,
ist automatisch wahr.

von mir

Wie gesagt, wir führten ein angenehmes Leben, mein Frauchen Emma Schwert und ich, Kitty mit Ypsilon, wenn auch nicht ohne Missverständnisse. An eines erinnere ich mich besonders gut, weil ich erst sehr gekränkt war, dann aber eine wichtige Erkenntnis gewann.

Ich hatte damals gerade angefangen, das Jagen zu üben, was Emma mir natürlich nicht beibringen konnte. Doch der

Jagdtrieb ist zum Glück in jeder Katze angelegt und bricht irgendwann aus, auch bei Hauskatzen, denen das Futter in einem Napf serviert wird. Nun ja, Trieb hin oder her, etwas habe ich nicht gewusst, obwohl ich es hätte wissen können, wenn ich vorher darüber nachgedacht hätte: Eine Katze jagt Mäuse grundsätzlich als Nahrungsmittel, selten nur zum Vergnügen, das tun nur Hauskatzen, die einen gefüllten Futternapf haben. Und nur Hauskatzen kommen auf die Idee, eine Maus als Geschenk für eine Nichtkatze zu fangen. Aber grundsätzlich ist so etwas in der Natur nicht vorgesehen und kann deshalb auch nicht gut ausgehen. Aber in diesem Punkt war ich ignorant.

Eines Morgens kauerte ich also gleich nach Sonnenaufgang ewig lange mit eingezogenen Pfoten und gesenktem Schwanz vor einem lächerlich kleinen Loch in der Erde, in das ich am Abend zuvor eine Maus hatte verschwinden sehen, und wartete darauf, dass sie endlich herauskommen würde. Dabei fiel mir ein besonders hübscher Reim ein, nämlich:

Ein Sommermäuschen,
sommerfett, schmeckt
sommerwarm besonders nett.

Ich gebe zu, ich war sehr stolz darauf und erwartete, von Emma gelobt zu werden. Doch es kam ganz anders.

Als ich diese dumme und unvorsichtige Maus endlich erwischt hatte, habe ich sie nicht gleich aufgegessen, was bestimmt viele Katzen an meiner Stelle getan hätten und was auch mich, ich gebe es zu, im ersten Moment gereizt hatte. Stattdessen trug ich die Maus, die noch appetitlich zappelte, in die Küche und legte sie Emma als Geschenk auf ihren Frühstücksteller.

Sie hat sich jedoch kein bisschen gefreut. Sie hat nur »igitt« gesagt, mit angeekeltem Gesicht den Teller geschnappt und ihn samt Maus durch das offene Küchenfenster bis in die Stockrosen gedonnert.

Ich verstand die Welt nicht mehr. Wie kann man sich vor Mäusen so ekeln? Ich fand Mäuse schon immer interessant und appetitlich, auch wenn sie keine besonders schönen Tiere sind. (Jedenfalls nicht so schön wie Katzen.)

Ich war dermaßen beleidigt, weil Emma mein Geschenk verschmäht hatte, dass ich mich hinter dem Kühlschrank verkroch.

Doch es dauerte nicht lange, da hatte Emma sich wieder gefasst. Sie bückte sich und lockte mich mit sanften Schnurrtönen aus meinem Versteck. Unbeholfen streichelte sie mir über den Kopf und sagte: »Nein, Kitty, nein! Mäuse musst du schon draußen fressen. Eine Maus hat im Haus nichts verloren.«

In diesem Moment begriff ich etwas, worüber ich vorher nie nachgedacht hatte, und das war eine wichtige Erkenntnis, die ich mir immer wieder mal vor Augen halten sollte: *Nicht alle Geschöpfe sind gleich, das Gegenteil ist richtig.*

Bis zu diesem Zeitpunkt hatte ich mir eingebildet, in einer Welt zu leben, in der sich alles nur um Katzen dreht und in der nichts wichtiger ist als das Wohlbefinden einer Katze. Nach dem Vorfall mit Emma und der Frühstücksmaus wusste ich es besser: Katzen, Menschen und Mäuse sind verschiedene Geschöpfe, die in verschiedenen Welten leben, auch wenn sie manches verbindet, zum Beispiel essen und trinken und auch das Gegenteil davon. Nicht umsonst hatten wir, Emma und ich, getrennte Toiletten. Apropos: Wohin pinkeln eigentlich Mäuse? Vermutlich tun sie es einfach da, wo sie gerade stehen, unkultiviert, wie sie sind.

Und noch etwas wurde mir damals klar: Emma duldete in ihrem Haus keine Mäuse. Unter keinen Umständen. Genau genommen wollte sie nur ein einziges Tier um sich haben, eine Katze. Mich, Kitty mit Ypsilon. Mir konnte das nur recht sein. Deshalb habe ich ihr diesen Ausbruch auch verziehen.

Aber den Vers, auf den ich so stolz gewesen war, den Vers von den sommerfetten Sommermäuschen, habe ich ihr nie vorgetragen. Heute tut mir das leid.

6

Was Katzen so denken
bei Tag und bei Nacht,
hat nie ein Mensch
herausgebracht.

von mir

Und das ist auch gut so. Wir, Emma und ich, führten trotz einiger unterschiedlicher Interessen ein friedliches Leben, ein Leben, wie es eigentlich sein sollte und wie wir Katzen es besonders lieben. Wir aßen und tranken gut und reichlich, und wir lernten viel, um uns zu bilden. »Bildung ist wichtig«, hat Emma immer wieder betont. »Was man gelernt hat, kann einem niemand mehr wegnehmen.« (Von einer ehemaligen Lehrerin kann man kaum etwas anderes erwarten.) Ich sah das nicht ganz so, muss aber zugeben, dass ich ihr immer gern zugehört habe, wenn sie mir Geschichten erzählt oder aus Büchern vorgelesen hat, solange ich noch nicht selbst lesen konnte.

Wir verbrachten die meiste Zeit zusammen, Emma und ich. Nur wenn sie einkaufen ging, blieb ich allein zu Hause und machte ein Nickerchen. Katzen brauchen eindeutig mehr Schlaf als Menschen. Wenn es Katzen gut geht, schlafen sie. Oder sie dösen. Eine satte, dösende Katze ist ein Sinnbild für Zufriedenheit.

Wenn Emma dann vom Einkaufen zurückkam, packte sie die Sachen aus ihrer großen Tasche und legte sie nebeneinander auf den Küchentisch, damit ich alles beschnüffeln konnte. Am wohlriechendsten fand ich geräucherten Schinken. Den kaufte Emma allerdings nur selten und sie gab mir auch sehr wenig davon ab. »Das ist nicht gesund für kleine Katzen«, sagte sie, wenn ich anfing zu betteln. Einmal in der Woche kochte Emma ein Fischgericht. Davon bekam ich immer eine ordentliche Portion ab, denn »Fisch ist gesund für kleine Katzen«. Am liebsten von allen Fischen mochte ich Bücklinge, besonders wenn sie fett waren.

Und ganz besonders glücklich war ich, wenn Emma einen Strauß Rosen mitbrachte. Ehrlich gestanden habe ich lange gedacht, sie würde die Rosen nur mir zuliebe kaufen, denn ich liebe sie bis heute mehr als alle anderen Blumen. Nicht nur, weil sie schön sind und gut duften, sie schmecken mir auch besonders gut. Ich war jedenfalls ganz wild auf Rosenblätter und fing sofort an, an ihnen herumzuknabbern.

»Du bist verrückt«, sagte Emma oft. »Eine Katze, die Rosenblätter frisst! Wenn das nicht gaga ist …«

Manchmal gingen wir, Emma und ich, auch im Park spazieren, aber ja nicht zu schnell, sondern langsam und gemächlich. Und wenn die Sonne besonders heiß vom Himmel knallte, setzten wir uns in unserem Garten auf die Holzbank unter dem Apfelbaum.

Nachts schlief ich bei Emma im Bett oder zog mich, wenn ich mich einem meiner privaten Träume hingeben wollte, die auch die netteste Pflegemutter nichts angehen, auf meinen Lieblingsplatz im Wohnzimmer zurück, auf das blaue Sofa mit den bunten Samtkissen. Eines dieser Kissen war katzenminzengrün und verströmte einen Geruch, der mir fast den Verstand raubte.

Aber manchmal hielt ich es nachts nicht mehr im Haus aus und schlich durch die immer offene Kellerluke hinaus ins Freie. Das waren die Nächte, in denen sich alle Katzen und Kater der ganzen Gegend vor der alten, halb zerfallenen Bäckerei trafen, die nur wenige Hundert Meter von der Siedlung entfernt lag und in der es noch immer nach ranzigem Mehl und nach Schimmel roch.

Dort versammelten sich neben den üblichen Hauskatzen auch all die wilden, die Vagabunden: bunte, gefleckte, gescheckte, getigerte, schwarze, graue, weiße – kaum zu glauben, wie viele verschiedene Katzen es gibt, und ein paar Mal entdeckte ich sogar eine karottenfarbig getigerte, wie ich eine bin, obwohl die eher selten sein sollen. *Nachts sind alle Katzen grau*. Ein Spruch von Emma. So ein Quatsch! Ich finde sie am Tag viel grauer. Wie man nur so blind sein kann.

Meine Nachtkatzen tobten auf dem zum Teil mit mannshohem Unkraut bewachsenen Hof herum und versuchten, sich durch Wendigkeit und skurrile Einfälle gegenseitig zu übertreffen. Sie führten mit ohrenbetäubendem Geschrei, laut fauchend, stöhnend und winselnd, die seltsamsten Kämpfe aus. Obwohl ich eigentlich nicht verstand, worum es ging, auch nicht, wer die Idee zu diesen nächtlichen Treffen hatte und wie sie organisiert wurden, haben sie mich unwiderstehlich angezogen.

Nach einer Weile merkte ich, dass es gar nicht so viele Katzen waren, wie es den Eindruck machte, vielleicht zehn, fünfzehn oder auch zwanzig. Aber jede Kätzin und jeder Kater schien gleichzeitig überall zu sein, rechts, links, oben, unten, sodass es einem vorkommen musste, als wären es doppelt oder dreimal so viele. Eine Meute von Verrückten nannte ich sie.

Natürlich hätte ich mich damals nie an ihren bizarren Aktionen beteiligt, dazu war ich viel zu brav, jedenfalls als Katzenkind und als Katzenteenie, wie Emma es nannte. Ich hatte noch nie jemanden angeraunzt, angefaucht, gekratzt oder gar gebissen. (Außer Mäusen natürlich, aber das ist ja eine andere Geschichte.) Ich glaube, ich war damals die folgsamste und ängstlichste Hauskatze, die man sich vorstellen kann, und die verwöhnteste vermutlich auch.

Trotzdem fand ich es sehr spannend, meine so ganz anders gearteten Mitkatzen zu beobachten. Denn auch durch Beobachten lässt sich eine Menge lernen, und wer weiß schon, ob man das Gelernte später nicht noch mal brauchen kann. Einstweilen begnügte ich mich allerdings mit einer

Mischung aus überheblicher Verachtung und staunender Bewunderung. Es waren vor allem die vielen verschiedenen Farben, die mich beeindruckten. Von weiß bis schwarz, von einfarbig bis getigert oder gefleckt, und alle waren auf ihre Art schön.

Ich war tatsächlich stolz darauf, eine Katze zu sein.

7

Freundschaft braucht
nicht viele Worte,
gehört man nur
zur selben Sorte.
von mir

Auf einem meiner nächtlichen Ausflüge lernte ich Bruno kennen, den schönsten Kater, den ich je gesehen hatte. Das will natürlich nichts heißen, denn wie viele Kater hatte ich in meinem noch jungen Leben schon kennengelernt? Aber schöner als die Streuner, Stromer und Strawanzer, wie Emma sie nannte, war er allemal. Und nicht nur weil er ein gepflegtes, wohlriechendes Fell hatte.

Nie zuvor hatte ich einen blaugrauen Kater mit silbernen Barthaaren gesehen, die lustvoll zu zittern begannen, wenn er mich anschaute. Und noch nie hatte ich einen Kater gesehen, der, wenn er die Lider halb über die bernsteinfarbenen Augen sinken ließ, in tiefe und allertiefste Gedanken zu versinken schien, bei denen man ihn auf gar keinen Fall stören durfte, weil der Welt sonst eine lebenswichtige Erkenntnis zu entgehen drohte.

So klug war Bruno. Und so weise. Durch Bruno habe ich das Wort »weise« schätzen gelernt. Weise zu sein, bedeutet mehr, als klug zu sein. Ein Weiser kann sich auf die Welt und ihre Geschöpfe nicht nur einlassen, er kann sie bis in ihre kleinsten Regungen verstehen und richtig einordnen. Er weiß, was andere denken und empfinden. Weisheit bedeutet, zu erkennen, was wichtig ist, und sich nicht über Unwichtiges zu ärgern, hat Emma gesagt. *Leben und leben lassen, lieben und lieben lassen.*

So einer war Bruno. Eigenbrötlerisch und einzelgängerisch wie ich, wenn auch vermutlich aus anderen Gründen. Wir nahmen beide nicht an dem närrischen Treiben unten im Hof teil, sondern schauten uns alles von oben herab an. Vielleicht waren wir beide ein bisschen hochnäsig. Hochnäsigkeit ist keine besonders lobenswerte Eigenschaft, doch auch sie verband uns. Jedenfalls mochten wir uns auf Anhieb, obwohl er viel älter und größer war als ich. Oder vielleicht gerade deshalb. Ich hatte jedenfalls das Gefühl, als würden wir zur gleichen Sorte Katzen gehören. (*Du und ich und ich und du, wir sind vom gleichen Blute,* hätte Emma wohl gesagt.)

Als wir uns zum ersten Mal trafen, hatte ich es mir oben auf dem Sims unter dem zerbröckelnden Schornstein der alten Bäckerei gemütlich gemacht. Ich beobachtete das Schauspiel unten im Hof, als er sich plötzlich neben mich setzte, ohne dass ich ihn hatte kommen hören.

Erst schaute er mich nur an, dann senkte er den Kopf und beschnüffelte mich interessiert, aber nicht wirklich neugierig, von hinten nach vorn, von oben nach unten, von rechts nach links und wieder nach rechts, ohne auch nur einen einzigen missbilligenden oder anerkennenden Ton von sich zu geben. Er wollte offenbar einfach nur wissen, mit wem er es zu tun hatte.

Ich habe es über mich ergehen lassen, nein, mehr als das, ich habe es genossen, nicht nur weil er größer und stärker war als ich. Ich roch sein duftendes Fell, ich spürte, wie seine blaugrauen Haare über meine rötlichen streiften. Seine schwarze, etwas feuchte Nase war mir keineswegs unangenehm. Im Gegenteil.

Bevor er sich wieder auf den Weg machte, dehnte und streckte er die Pfoten, wölbte den Rücken zu einem eleganten Bogen und rieb sich an meinem karottenfarbigen Fell. Erst danach hörte ich zum ersten Mal seine Stimme, die erstaunlich tief und sehr sanft klang. »Ich heiße Bruno«, sagte er. »Wenn du Hilfe brauchst, ruf mich. Wann immer ich kann, werde ich kommen.«

Erst als er über die Dachziegel davonging, sah ich, dass er ein bisschen humpelte, sein rechtes Hinterbein war gekrümmt. Aber das leichte Humpeln machte ihn nicht hässlicher, eher interessant.

Ich war glücklich und er war es wohl auch.

Als ich später bei Emma im Bett lag, erzählte ich in Gedanken Kassandra von Bruno, meinem neuen Katzenfreund. Sie antwortete mir nicht, natürlich nicht. Aber ich genoss es, von ihm zu erzählen und ihn in Gedanken vor mir zu sehen. Blaugrau, mit silbernen Barthaaren und mit bernsteingelben Augen.

8

Nachtgedanken
sind nie hell,
am besten, man
vergisst sie schnell.
von mir

Wir, Emma und ich, führten wirklich ein Leben, so ruhig und gemütlich, wie vernünftige Katzen es lieben. Von mir aus hätte es gern so weitergehen können. Wir hätten uns wohl nicht überarbeitet, sondern wären womöglich noch ein bisschen fauler geworden. Vermutlich hätten wir das eine oder andere Kilo zugelegt, wie das so ist, wenn man sich gern den Magen vollschlägt und sich nur ungern viel bewegt. Meine ganze Arbeit hätte höchstens darin bestanden, mit der Pfote eine fette Fliege zu verjagen, die sich, unsensibel, wie diese hirnlosen Insekten nun mal sind, unbedingt auf meine Nase setzen wollte. (Auch Fliegen lieben Feuchtigkeit. Das ist mir egal, ich gönne ihnen das Vergnügen, solange sie meine Nase in Ruhe lassen. Meine Nase gehört mir.)

Es ging uns also gut, Emma und mir. Meistens jedenfalls. Manchmal ärgerte ich mich über sie, wenn sie meinen Fressnapf nicht rechtzeitig aufgefüllt hatte oder mir nur eine halbe Scheibe Räucherschinken abgab, kein Fitzelchen mehr. Oder wenn sie mich aus dem Fernsehsessel vertrieb, weil sie sich unbedingt selbst draufsetzen wollte. Über mich hat sie sich allerdings nie beklagt, wieso auch, ich gab ihr keinen Grund dazu, ich war die bravste Katze der Welt.

Von meinen geheimen Treffen mit Bruno erzählte ich ihr kein Wort, natürlich nicht, auch die bravste Katze der Welt hat ein Recht auf Geheimnisse. Vielleicht hätte Emma ja auch gesagt, eine anständige Katze treibt sich nachts nicht herum. Emma wusste immer genau, was eine anständige Katze tut und was nicht. Und außerdem trafen Bruno und ich uns nur nachts, wenn Emma schlief. Bruno wusste inzwischen, wo ich wohnte, und rief vor dem Haus nach mir. Sobald ich seine Stimme hörte, lief mir ein Schauer über den Rücken und es trieb mich unwiderstehlich zu ihm hin.

Wir redeten nicht viel, wir durchstreiften die Gegend und genossen es, zusammen zu sein.

So ging es über zwei Jahre lang, bis ich spürte, dass sich etwas veränderte. Emma klagte immer öfter über Schmerzen in den Knochen, und es sah aus, als würde sie jeden Tag eine

Falte mehr bekommen. Sie konnte manchmal auch nicht mehr einkaufen gehen, dann rief sie an, und die Sachen wurden ihr von Fabi, dem Sohn des Lebensmittelhändlers, gebracht. Der bekam dann immer ein Geldstück zur Belohnung.

Emma tat mir leid, aber das war alles, nicht mehr und nicht weniger. So ist es eben bei alten Menschen, dachte ich, sie halten mit ihrem einzigen Leben nicht viel aus.

Unsere Tage verliefen ruhig und gleichmäßig bis zu einem Abend, als wir schon im Bett lagen. Ich hatte es mir zu Emmas Füßen gemütlich gemacht und war kurz vor dem Einschlafen, als ich sie plötzlich eine eintönige Melodie singen hörte: *»Eulenvater, Uhu du, schenk mir endlich meine Ruh. Du siehst doch, ich bin alt geworden, ich hab genug von Schmerz und Sorgen.«*

Ehrlich gesagt, verstand ich nicht, was sie meinte, und überlegte schon, ob das »metaphysisch« war. Und außerdem war ich auch ein bisschen beleidigt und dachte: Warum spricht sie mit diesem Kerl und nicht mit mir? Wer weiß, was das für einer ist und wo er sich herumtreibt, und ich bin hier, zu ihren Füßen. Was will sie von diesem Uhudu? Bin ich ihr etwa nicht mehr gut genug?

Doch dann hob ich den Kopf und sah, dass ihr eine Träne über die Wange lief, und meine gekränkte Eitelkeit war sofort verflogen. Ich stieg vorsichtig über sie hinweg, um ihr nicht wehzutun, schmiegte mich an ihr Gesicht, leckte ihr so sanft wie möglich die Tränen von der Wange und fing leise an zu schnurren. Und es hat gewirkt. Bald hatte sie sich beruhigt und wir konnten endlich einschlafen.

9

Wenn's so weit ist, dann ist's
so weit, man mag es noch
so sehr bedauern.
Ein jedes Glück hat seine Zeit,
und es kann niemals
ewig dauern.
Emma

Am nächsten Morgen machte ich nur widerwillig die Augen auf. Irgendetwas war seltsam, ein Schatten schien über unser Leben gefallen zu sein. Der appetitlich braune Kakao hatte plötzlich einen grauen Stich und schmeckte weniger süß und die Sonne versteckte sich immer wieder hinter vorbeiziehenden Wolken. Sogar mein Trockenfutter roch auf einmal muffig.

Ich hätte den nächtlichen Vorfall mit diesem seltsamen Uhu nie mehr erwähnt, ihn am liebsten sogar vergessen, aber Emma ließ das nicht zu. »Komm, Kitty«, sagte sie nach dem Frühstück, »wir müssen etwas besprechen.«

Wir saßen auf der Veranda, Emma im Korbsessel und ich auf ihrem Schoß, und hatten es uns gemütlich gemacht. Ich beobachtete ein paar Schmetterlinge, die sich auf dem Sommerflieder neben dem Geländer niedergelassen hatten und das Leben auf den Blüten offenbar ebenso genossen, wie ich es auf Emmas Schoß tat.

»Kitty«, sagte Emma und kraulte mich hinter den Ohren. »Du bist inzwischen eine erwachsene Katze und wirst irgendwann selbst einmal Kinder bekommen, für die du dann sorgen musst. Ich werde dir nicht mehr helfen können, aber du wirst es schon schaffen, Kitty. Du bist eine wunderbare Katze geworden, du bist klug und stark, und du hast ein größeres Herz als viele Menschen, die sich wer weiß was einbilden, du wirst deinen Weg machen. Hast du verstanden, was ich dir damit sagen will?«

Natürlich hatte ich es verstanden, ich war ja nicht blöd. Sie wollte mich darauf vorbereiten, dass ich einmal ohne sie sein würde. Daran wollte ich aber gar nicht denken. Deshalb wandte ich den Blick nicht von den Schmetterlingen, schüttelte den Kopf und sagte: »Wir können doch einfach so weiterleben wie bisher.«

»Nein, können wir nicht«, sagte Emma. »Das geht nicht, weil ich alt bin und spüre, wie meine Kraft nachlässt. Mir bleibt nicht mehr viel Zeit, wenn ich dich an meinen Lebensweisheiten teilhaben lassen will.«

»Lebensweisheiten? Was ist das?«

»Das sind wichtige Erkenntnisse, die ich in meinem langen Leben gewonnen habe und an dich weitergeben möchte, damit du nicht die gleichen Fehler machst wie ich.«

»Jeder hat das Recht auf seine eigenen Fehler«, sagte ich. »Ist das nicht auch eine Lebensweisheit?«

Emma lachte und musste dabei husten, ein Husten, der sich wirklich nicht gut anhörte. Als sie sich wieder gefasst hatte, sagte sie: »Das ist keine Lebensweisheit, sondern eine Lebensdummheit. Fehler zu vermeiden, ist allemal besser, als sie zu sammeln, nur weil man glaubt, ein Recht darauf zu haben. Frei nach dem Motto: Je mehr, desto besser. In diesem Fall stimmt das nicht. Und außerdem: Selbst wenn es dir gelingt, etliche Fehler zu vermeiden, bleiben bestimmt noch genug übrig, die du machen kannst.«

»Was war der größte Fehler, den du gemacht hast?«, fragte ich.

Emmas Antwort kam so schnell, dass ich verstand: Sie hatte sich diese Frage sehr oft selbst gestellt und sie ebenso oft beantwortet. »Dass ich keine eigenen Kinder bekommen habe«, sagte sie. »Ich habe lange geglaubt, es würde mir genügen, mich um fremde Kinder zu kümmern, und als ich merkte, dass ich mich in diesem Punkt geirrt hatte, war es auf einmal zu spät.«

»Jetzt hast du ja mich«, sagte ich und drückte mich fester an sie.

Sie streichelte mir mit einer zittrigen Hand über den Rücken. »Ja, das stimmt«, sagte sie. »Aber ein Menschenkind bist du nicht. Es gibt ein Sprichwort, das sagt: *Eine Katze, die einen Kanarienvogel gefressen hat, kann deshalb noch lange nicht singen.* Ich wünsche mir so sehr, dass du, auch ohne singen zu können, eine glückliche Katze wirst, Kitty.«

»Das muss ich gar nicht erst werden, ich bin bereits eine glückliche Katze«, sagte ich, aber offenbar ein bisschen zu laut, denn die Schmetterlinge flatterten erschrocken vom Sommerflieder auf.

Mich überlief ein Schauer. Und das lag nicht nur daran, dass sich wieder eine Wolke vor die Sonne geschoben hatte. Es war wie ein Ahnung, wie ein Traum. Da war er wieder, der Schatten.

10

Wenn der Hahn kräht auf dem Mist, dann ändert sich's Leben oder es bleibt, wie es ist.
Emma

So ein Quatsch. Nie bleibt das Leben, wie es ist, und um das zu wissen, braucht man keinen Hahn. Wenn-dann-Sätzen sollte man übrigens grundsätzlich mit einem gewissen Misstrauen begegnen, denn sie bedeuten selten etwas Gutes. (Wenn du nicht tust, was ich möchte, dann tue ich auch nicht, was du möchtest. Wenn du dir nicht ein bisschen Mühe gibst, dann gibt es auch keine Extras.) Ich hätte mir jedenfalls nie vorstellen können, dass sich unser

Leben so drastisch verändern würde, und trotzdem ist es geschehen.

Dabei fing es eigentlich ganz harmlos an, Emmas Haut wurde jeden Abend ein bisschen wärmer. Ich dachte mir nicht viel dabei, denn erstens neige ich eher zu entspanntem Dösen als zum Grübeln, und zweitens liebe ich Wärme, wie alle Katzen Wärme lieben. Je wärmer Emma sich anfühlte, umso inniger schmiegte ich mich an sie. Und noch immer hatte ich mir, dumm wie ich war, nichts dabei gedacht. Wie kann eine Katze bloß so naiv sein, wenn sie schon über zwei Jahre alt ist? Ich bekam jedenfalls nichts mit. Oder ich wollte es nicht mitbekommen, wer weiß das schon.

Bis Emma eines Nachts die ganze Zeit hustete und morgens nicht aufstehen konnte. Herr Holbein, der Hausmeister der Siedlung, der jeden Tag bei allen vorbeiging und nach dem Rechten sah, reagierte ganz aufgeregt und rief sofort einen Arzt an.

Durch das Schlafzimmerfenster sah ich ihn ankommen, diesen Arzt, in einem silbernen Angeberauto. Er war mir schon auf den ersten Blick unsympathisch, er war viel zu groß, viel zu dick und viel zu laut. Er trug einen hellgrauen Anzug mit einer Weste, von der der mittlere Knopf abgesprungen war, und hatte graubraune Bartstoppeln im Gesicht, als hätte er sich tagelang nicht rasiert, was ihn schlampig und ungepflegt aussehen ließ. Ein klotziger Kotzbrocken. Er horchte Emma ab und drückte mit seinen Fingern, die aussahen wie aufgequollene Würste, an ihr herum, als wäre sie eine gefühllose Lappenpuppe. Bestimmt hat er ihr auch wehgetan, denn sie hörte nicht auf, zu stöhnen und zu wimmern. Sie lag auf dem Rücken und hatte die Arme wie hilflos zur Seite gestreckt.

Ich sprang auf den Kleiderschrank, bereit, diesen Mistkerl von oben anzugreifen und ihm die Fratze zu zerkratzen, wenn er meine Emma nicht endlich in Ruhe ließ. Zum ersten Mal im Leben spürte ich einen rachsüchtigen Zorn vom Kopf bis in die Krallen meiner Vorderpfoten und richtete mich langsam auf. Sprungbereit, um zuzuschlagen. Ich schwöre, ich wollte ihn angreifen, ich platzte fast vor Wut. Aber ich war keine dieser Streunerinnen, für die Angriff die beste Verteidigung ist. Während ich noch innerlich mit mir haderte und überlegte, was wohl der Unterschied zwischen Vorsicht und Feigheit war, zog der Dickwanst ein Handy aus der Tasche und bestellte einen Krankenwagen. »Aber ein bisschen dalli, es ist dringend«, sagte er, nachdem er die Adresse, Baumweg 9, durchgegeben hatte. »Ein Notfall. Beeilt euch! Sie droht zu kollabieren.«

Beim Telefonieren warf er mir einen Blick zu, den man nur verächtlich nennen konnte. Er mag mich ebenso wenig wie ich ihn, dachte ich, aber immerhin hat er registriert, dass ich auf den Schrank gesprungen bin. Hat er Angst, dass ich ihn anfallen könnte, oder sieht er mir an, dass ich ein Feigling bin, und mag mich deshalb nicht? Aber vielleicht geht es ja gar nicht um mich persönlich, dachte ich weiter, er könnte ja einer von diesen notorischen Katzenhassern sein, die, soweit man hört, gar nicht so selten sein sollen. (Obwohl ich mir solche Menschen nicht vorstellen kann. Was sollte an uns schon hassenswert sein?)

Da hörte ich Emma plötzlich fragen: »Und was wird

aus meiner Katze?« Ihre Stimme war so leise, dass der Arzt zweimal nachfragen musste, bevor er sie verstand. »Wer wird sich um meine Kitty kümmern?«

Wäre ich ein Mensch gewesen, hätte ich jetzt geweint, weil sie, obwohl es ihr so schlecht ging, an mich dachte. Aber ich war ja eine Katze, ich konnte nicht weinen, ich spürte nichts als ein Brennen hinter den Augen, als hätte ich Tränen.

Der fette Arzt zuckte gleichgültig mit den Schultern und warf mir wieder einen vielleicht noch verächtlicheren Blick zu, bevor er sagte: »Sie sollten sich jetzt wirklich keine Gedanken um Ihre Katze machen, sie ist doch bloß ein Tier.«

Mir sträubten sich die Haare. »Bloß ein Tier«, hatte er mich genannt, als wäre ich ein x-beliebiges, reizloses Geschöpf und würde nicht den besonders schönen Namen Kitty mit Ypsilon tragen. Und wieder empfand ich einen unbändigen Drang, meine Krallen auszufahren und sie an seiner Glatze zu wetzen. Doch es blieb beim Drang, ich war einfach keine Heldin.

Und dann hörte ich diesen Kotzklotz sagen: »Für solche Fälle gibt's Tierheime. Dann muss sie eben vorübergehend in ein Tierheim.«

Mir gefror das Blut in den Adern und meine Haare sträubten sich vom Nacken bis zur Schwanzwurzel. Alles, nur das nicht, dachte ich, kein Tierheim, auf gar keinen Fall. Ich lasse mich doch nicht in einen Käfig einsperren. Das tut man nämlich in diesen Tierheimen, man sperrt die Tiere einfach in Käfige, in denen sie kaum zwei, drei Schritte machen können. Das wusste ich von Fips, dem Kater, der zwei Häuser weiter wohnte und mit dem ich ab und zu ein paar Worte wechselte. Ein echter Vagabund mit einem extrem schlechten Orientierungssinn, was bei uns Katzen eher selten vorkommt. Deshalb landete er von Zeit zu Zeit in solch einem Tierheim. Seine Besitzer holten ihn aber immer wieder ab, auch wenn ich nicht verstand, warum. Fips zeigte seinen Menschen gegenüber keine Spur von Dankbarkeit, er hing noch nicht einmal an seinem Haus, höchstens an seinem Fressnapf.

Als der Katzenhasserarzt hinunterging, um den Krankenwagen einzuweisen, sprang ich vom Schrank und rollte mich neben Emmas Kopf zusammen, auf meinem Lieblingsplatz, dieser weichen, warmen Kuhle zwischen Hals und Schulter. Emma weinte, sie schnaufte und schnappte immer wieder nach Luft und ihr Atem war noch heißer als ihre Haut. Dann schlief sie ein. Ich spürte ihre trockenen Lippen an meinem Fell und leckte ihr zum Abschied noch einmal über die Hände, die mich so oft gestreichelt hatten. Sie zuckte und lächelte, wachte aber nicht auf.

Ich gehöre von Natur aus zu den eher treuen Katzen, ganz anders als Fips, deshalb fiel es mir schwer, einfach wegzugehen und sie schlafend zurückzulassen. Aber ich wollte diesen unangenehmen Arzt nicht mehr sehen und ich wollte auf keinen Fall noch einmal das Wort »Tierheim« hören. Deshalb warf ich nur noch einen Blick auf Emma und floh die Treppe hinunter und durch das offene Küchenfenster hinaus ins Freie.

Im Osten war die Sonne schon ein Stück am Himmel hinaufgewandert und stand über dem Wald hinter der Bäckerei, der gegen das grelle Licht sehr dunkel aussah, wie ein schwarzer, gezackter Scherenschnitt. Im Garten kletterte ich auf den Apfelbaum, unter dem ich so oft mit Emma gesessen hatte. Als ich noch klein war, hatte ich auf diesem Baum meine ersten Kletterversuche gemacht. Anfangs war ich immer wieder vom Stamm hinuntergerutscht. Und als es mir endlich gelang, einen Ast zu erreichen, geriet ich in Panik. Ich hatte keine Ahnung, wie ich wieder hinunterkommen sollte. Deshalb saß ich völlig hilflos und verzweifelt miauend da und Emma konnte mir nicht helfen, sie war nicht groß genug, um mich herunterzuheben.

Sie war schon weggegangen, und ich hatte schon Angst gehabt, sie würde mich im Stich lassen und ich würde für immer und ewig auf dem Baum sitzen bleiben müssen, da kam sie mit Herrn Holbein zurück, der eine Leiter trug. Er legte die Leiter an dem Ast an, auf dem ich saß, stieg hinauf, packte mich und legte mich, als wir unten angekommen waren, auf Emmas Schoß. Emma hat ihm zum Dank einen Geldschein in die Hand gedrückt, den er aber nicht nehmen wollte. Es ging eine Weile hin und her, bis er nachgab und das Geld einsteckte. Daran musste ich später immer denken, wenn Herr Holbein morgens hereinschaute, um Emma zu fragen, ob alles in Ordnung sei. Was für ein fürsorglicher Mensch, ein wahrer Kümmerer.

Ich suchte mir jetzt einen geeigneten Ast und konnte, geschützt durch das Blättergewirr, unser Haus und einen Teil der Straße beobachten, ohne selbst gesehen zu werden.

Ich war keine Minute zu früh weggelaufen, denn kaum hatte ich meinen Platz eingenommen, kam auch schon der Krankenwagen mit Blaulicht angefahren. Zwei Männer in

Weiß stiegen aus, zogen eine Tragbahre aus dem Laderaum und folgten dem dicken Arzt ins Haus.

Es dauerte nicht lange, da sah ich sie wieder herauskommen, die Tragbahre mit Emma zwischen sich. Vorsichtig bugsierten sie sie aus der Haustür, die drei Stufen vor dem Eingang hinunter und schoben sie dann in den Krankenwagen. Während der ganzen Zeit lag Emma mit geschlossenen Augen reglos da. Und ich saß im Baum und schaute zu. Bis heute nehme ich mir übel, dass ich zu feige war, zu ihr zu rennen, ihr über die Wange zu lecken und ihr »Alles Gute!« ins Ohr zu schnurren. Mir blieb nichts anderes übrig, als ihr mein zärtlichstes Miau hinterherzuschicken. Gehört hat sie es wohl ebenso wenig, wie sie gesehen hat, dass Herr Holbein in seiner Haustür stand und ihr nachwinkte.

Der Krankenwagen raste mit Blaulicht davon, und als auch der dicke Arzt mit seinem Angeberauto verschwunden war, wurde es auf einmal ganz still. Sogar die Vögel hatten aufgehört zu zwitschern.

11

Träume sind Schäume,
ein Versprechen,
mehr nicht,
ein Traum hält nur selten
was er verspricht.
Emma

Ich weiß nicht, wie lange ich im Apfelbaum saß, die Sonne stand jedenfalls schon hoch am Himmel, als ich mich ins Haus schlich und in Emmas Bett legte. Es war so weich wie immer, kam mir aber jetzt, da ich allein war, lange nicht mehr so einladend vor wie sonst. Ich drückte meine Nase tief in ihr Kopfkissen. Es roch noch immer nach ihr, nach der Lavendelseife, mit der sie sich vor dem Schlafengehen das Gesicht wusch, und nach dem Portwein, von dem sie sich abends im Bett ein Gläschen genehmigte, um besser schlafen zu können, wie sie sagte.

Allmählich wurde es dunkler, die Sonne war längst untergegangen, nur die Laterne auf der anderen Straßenseite warf ein graues Dämmerlicht durch das Fenster. Grau, alles war grau. Ich lag da und konnte noch nicht einmal dösen, geschweige denn einschlafen, weil ich immer an Emma denken musste. Das Bild, wie sie reglos und mit geschlossenen Augen auf der Tragbahre lag, wollte mir einfach nicht aus dem Kopf gehen.

Ein Glas Portwein würde mir jetzt bestimmt guttun, dachte ich, auch wenn mir, wie ich wusste, das Zeug eigentlich nicht schmeckte. Emma hatte es mich mal probieren lassen. Ich drehte mich zu der Flasche um, die noch fast halb voll war, und versuchte, sie zu öffnen. Doch der Korken saß so fest, dass ich ihn nicht herausbekam.

Aber Katzen sind ja zum Glück nicht dumm und wissen sich zu helfen, wenn sie etwas wollen. Ich kippte die Flasche vorsichtig um, rollte sie über die Nachttischplatte und versetzte ihr dann einen heftigen Stoß, sodass sie mit viel Geklirr und Geschepper auf dem Fußboden zersprang. Ein hässliches Geräusch, das mir in den Ohren wehtat. Doch dann stieg mir ein süßer Alkoholduft in die Nase. Der Flascheninhalt, soweit er nicht vom Bettvorleger aufgesaugt wurde, floss über die Dielenbretter. Aber wozu hat man eine Zunge! Ich fing an zu lecken, bis ich auch das letzte Tröpfchen von der süßen, aber nicht besonders wohlschmeckenden Flüssigkeit aufgeleckt hatte.

Und dann wurde mir schlecht. Und wie! Wirre Gedanken schwirrten mir durch den Kopf und ließen sich nicht festhalten, und wenn es mir tatsächlich gelang, einen am Schwanz zu packen, riss er sofort ab und der Gedanke zerplatzte in tausend unbrauchbare Fitzelchen.

Auf einmal hörte ich jemanden nach mir rufen und hob den Kopf. Es war eine rot getigerte Katze, die mich rief. Sie saß mitten in einem Wust gelber Butterblumen und lockte mich mit einer Stimme, die mich vage an etwas erinnerte. »Los, trau dich!«

Ich spannte die Muskeln und war schon sprungbereit, als sie noch einmal »los« rief. Und dann machte ich einen Satz hinauf zu dieser lockenden Stimme, spürte aber selbst, dass mir der Satz misslang und eher ein ungeschickter Luftsprung daraus wurde. Doch statt unsanft auf allen vieren zu landen, fing ich überraschenderweise an zu fliegen.

Ich schwebte durch die Luft wie ein flügelloser Vogel, höher und höher, und dann entdeckte ich zu meinem Erstaunen, dass die gelben Butterblumen keine Butterblumen waren, sondern Luftballons, an deren Schnüren Mäuse hingen. Bunte Mäuse in Rot, Grün, Gelb und Blau. Dabei sind Mäuse sonst grau, außer Feldmäusen, die bräunlich sind und nicht besonders gut schmecken. Und während ich mich noch fragte, wer diese Luftballonmäuse wohl angemalt hatte und wie sie an die Schnüre gekommen waren, spürte ich, dass ich fiel. Es war ein schier endloser Fall – und dann knallte ich auf den Boden und alles um mich herum wurde schwarz.

12

Trinkt die Katze Alkohol,
fühlt sie sich tags darauf
nicht wohl.
von mir

Dieser Vers, den Emma bestimmt als Lebensweisheit bezeichnet hätte, fiel mir ein, als ich am nächsten Morgen mit einem Matschkopf und dicker Kehle in Emmas großem Bett aufwachte. Zum ersten Mal allein. Sehr allein. Ich hatte, seit ich Emma kannte, das heißt, seit ich mich erinnerte, noch nie Einsamkeit erlebt. Am liebsten hätte ich die Augen wieder zugemacht und bis zu ihrer Rückkehr weitergeschlafen. Das konnte ich mir jedoch nicht erlauben, ich musste mir etwas überlegen, trotz Matschkopf, ich brauchte einen Plan, wie ich die nächste Zeit, die Zeit des Alleinseins, am besten zubringen könnte.

Als ich durch die Kellerluke ins Freie trat, schlug mir grelles Sonnenlicht in die Augen, und das wattige Gefühl in meinem Kopf verwandelte sich in ein heftiges Stechen, das vielleicht noch unangenehmer war. Aber immerhin konnte ich jetzt wieder klarer denken. Am Stand der Sonne sah ich, dass es bereits Mittag war, ich hatte den halben Tag verschlafen. Aus dem offenen Küchenfenster des Nachbarhauses drang Essensgeruch. Gulasch, dachte ich, die Reimanns essen heute Gulasch.

Ein Stück weiter standen Herr Holbein und die dicke Frau Sedlmeyer vor Frau Sedlmeyers Gartentor und unterhielten sich. Ich wollte vorbeigehen, da hörte ich Emmas Namen. »Ich war heute Morgen im Krankenhaus, um Frau Schwert zu besuchen«, sagte Herr Holbein gerade.

Ich zuckte zusammen und versteckte mich hinter der Mülltonne der Sedlmeyers.

»Sie hat eine Lungenentzündung«, fuhr Herr Holbein fort. »Es geht ihr so schlecht, dass man mich noch nicht mal zu ihr gelassen hat. Ich habe nur durch ein Fenster einen Blick auf sie werfen dürfen. Schrecklich, sie liegt mit geschlossenen Augen im Bett und hängt an fünf, sechs Schläuchen, die sie mit Nahrung und Medikamenten versorgen. Ich sage Ihnen, es hat wirklich unheimlich ausgesehen.«

Frau Sedlmeyer seufzte, kratzte sich am Kopf und setzte ein mitleidiges Gesicht auf. »Die Ärmste. Eine Lungenentzündung in ihrem Alter ist kein Pappenstiel.« Ihrer Stimme war deutlich eine gewisse Sensationslust anzuhören. Eine unangenehme Frau, Emma hatte sie einmal eine geschwätzige Landplage genannt.

»Ja«, sagte Herr Holbein und nickte zustimmend. »Es ist auch gar nicht sicher, ob sie die Krankheit überleben wird, hat der Arzt gesagt. Immerhin geht sie auf die achtzig zu, da lässt die Widerstandskraft doch schon gehörig nach. Und seit ihrem leichten Schlaganfall vor ein paar Jahren ist sie nicht mehr die Alte. Selbst wenn sie es schafft, wird es lange dauern, bis sie wieder gesund ist, hat der Arzt gesagt.« Er seufzte tief. Sein Mitleid war echt.

Ich fing an zu zittern, mein Herz klopfte wie wild bis hoch in meine Schläfen, sodass ich fürchtete, mir könnte der Schädel platzen. Was heißt das, es wird lange dauern?, schoss es mir durch den Kopf. Wie lange? Eine Woche? Einen Monat? Mir dauerte dieser eine Tag schon zu lang. Ich wollte unauffällig an den beiden vorbeigehen, aber Herr Holbein, dem nichts entging, weil er seine Augen immer überall hatte, bemerkte mich doch.

»Was wird eigentlich aus ihrer Katze?«, fragte er. »Ich kann sie nicht nehmen. Meine Frau ist so allergisch gegen Katzenhaare, dass ich meinen Hausmeisterkittel in der Garage ausziehen und mir erst Gesicht und Hände waschen muss, bevor ich ins Haus gehe, nur damit meine Frau keinen Asthmaanfall bekommt.«

»Ich nehme sie bestimmt nicht«, sagte Frau Sedlmeyer und verschränkte die Arme vor ihrem dicken Bauch. »Katzen haaren alle Sofas und Sessel voll, ich will keine Katze. Ich finde, sie machen nur Dreck und Arbeit.«

Diese Frau war nicht nur eine geschwätzige Landplage, sondern auch ignorant. Ich wollte nicht hören, was sie sonst noch für Schauergeschichten über Katzen loslassen würde. Was machen schon ein paar Katzenhaare auf Sofas oder Sesseln aus, da braucht man sich doch nicht aufzuregen, man nimmt einen feuchten Lappen und weg sind sie. Ich warf ihr einen empörten Blick zu, aber sie schaute gar nicht zu mir her. Sie fing von einer Frau an, die ich nicht kannte und die angeblich in ihrer kleinen Zweizimmerwohnung fünf Katzen hielt. »Können Sie sich vorstellen, wie es bei der aussieht? Fünf Katzen! Wie es bei ihr stinken wird.« Sie verzog angewidert das Gesicht.

»Fünf Katzen in einer kleinen Wohnung, das ist wirklich zu viel«, sagte Herr Holbein.

Da musste ich ihm recht geben, ich hätte nicht eine von diesen fünf Katzen sein wollen.

Ich lief nach Hause und setzte mich auf unserer Veranda in den leeren Korbsessel. Diesmal hatte ich kein Auge für die Schmetterlinge, die bei dem schönen Wetter wieder in und um den Sommerflieder flatterten. Ich hatte nur Emma vor Augen, die in einem Krankenbett an Schläuchen hing, die sie mit Nahrung und Medikamenten versorgten. Keine Ahnung, wie, ich hatte so etwas noch nie gesehen, aber ich stellte es mir schlimm vor. Ich wollte so gern an etwas anderes denken, doch dieses Bild drängte sich mir immer wieder auf und ließ sich einfach nicht abschütteln.

Dabei gab es jetzt etwas Dringenderes, ich musste nachdenken, ich brauchte einen Plan.

Wie sollte ich überleben, wenn Emma wirklich längere

Zeit nicht zurückkam? Daran, dass sie vielleicht überhaupt nicht mehr zurückkommen würde, wollte ich gar nicht denken, das verbot ich mir ganz einfach. Allerdings brachte das nicht viel, mein dummer Kopf wollte mir nicht gehorchen. Auch wenn ich nur an die nächsten Tage oder Wochen denken wollte, lauerte hinter den Überlegungen das Bild von Emma an Schläuchen, und darüber schwebte ein drohendes Vielleicht-nie-Wieder.

Wer wird für mich sorgen? Wer wird mir etwas zu essen und zu trinken geben, bis sie nach Hause kommt? Wer wird mich streicheln? Doch bei diesem Gedanken wies ich mich sofort zurecht: Streicheln ist Luxus, ich kann mich jetzt nicht um ein Luxusproblem kümmern. Ich habe existenzielle Probleme, für die ich eine Lösung finden muss, nämlich: Alleinsein und Ernährung.

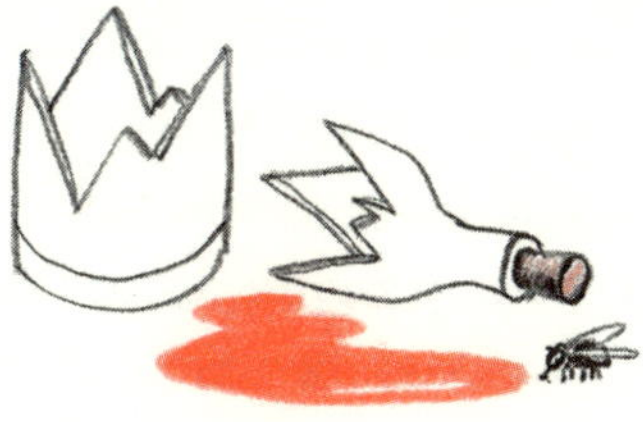

13

Was die Geschichte uns lehrt, ist bedenkenswert.

Emma

Das Alleinsein dürfte kein wirkliches Problem sein, sagte ich mir. Katzen sind gesellig und kontaktfreudig, das kann man immer wieder beobachten. Wenn eine Katze eine andere sieht, wird sie um sie herumstreichen und sie werden vielleicht vorübergehend nebeneinander hergehen wie Freunde, zu zweit, zu dritt oder sogar zu mehreren. Aber das sind nur zufällige und eher vorübergehende Verbindungen. Wirkliche Freundschaften oder gar länger anhaltende Bindungen sind zwischen Katzen selten. Wir sind grundsätzlich Einzelgänger. Wir leben nicht in Rudeln oder Herden, wie andere, weniger stolze Tiere das tun. In

Rudeln gibt es immer ein Leittier und das ist nichts für uns. Eine Katze, die etwas auf sich hält, würde sich nie irgendeiner anderen Katze unterordnen. Dazu hat uns die Natur nicht geschaffen. Unterwürfigkeit ist unsere Sache nicht. (Nur in Notfällen stellt sich eine Katze klein und macht auf hilflos, so wie ich es später bei Flecki tun sollte.)

»Jede Katze ist ihr eigenes Alphatier«, hatte Bruno gesagt, als wir über dieses Thema sprachen. Und recht hatte er.

Wenn man es genau bedenkt, muss man sich eigentlich fragen, warum wir Katzen uns überhaupt auf ein Zusammenleben mit Menschen eingelassen und zumindest nach außen hin einen Teil unserer Unabhängigkeit abgegeben haben.

Ich vermute, dass unsere Vorfahren einen Weg gesucht haben, auch unter misslichen Bedingungen zu überleben, zum Beispiel im Winter, bei Eis und Schnee, wenn Mäuse nicht mehr in ausreichender Zahl zur Verfügung standen. Und da unsere Vorfahren zwar schlau, aber nicht gerade übertrieben fleißig waren, sondern eher dazu neigten, zu ruhen und über die verschiedenen Möglichkeiten des Wohlbehagens zu meditieren, sollte dieser Weg auch einigermaßen bequem sein. Deshalb kamen sie schließlich über die Mäuse zu den Menschen.

Die Menschen hatten sich damals bereits Unterkünfte gebaut, Lehmhäuser, Hütten, dann Häuser aus Holz und schließlich aus Stein. Diese Häuser haben sie auch im Winter mithilfe von Feuer warm gehalten. Außerdem haben sie sich in Zeiten der Ernte und des Überflusses Vorräte für die mageren Monate angelegt, Korn, Nüsse, Kräuter, Gemüse, getrocknetes und geräuchertes Fleisch, Käse aus Ziegen- und Schafsmilch und solche Sachen. Das hat die Mäuse angelockt, die ihre Löcher verließen und zu den Menschen zogen, um sich dort des Nachts an ihren Vorräten gütlich zu tun.

Nun kommen unsere Katzenvorväter wieder ins Spiel.

Als sie merkten, dass es in den Wiesen und Wäldern immer weniger Mäuse gab, weil diese sich den Menschen angeschlossen hatten, blieb ihnen nichts anderes übrig, als es den Mäusen nachzutun, sie konnten ja nicht einfach auf ihr Hauptnahrungsmittel verzichten. Die Menschen wiederum reagierten begeistert auf diese schönen, eleganten Tiere, die plötzlich bei ihnen auftauchten und noch dazu die lästigen Futterdiebe fernhielten. Sie taten alles, damit sich die Neuankömmlinge wohlfühlten und bei ihnen blieben. Sie stellten ihnen Milch und klein geschnittenes Fleisch hin und kümmerten sich um ein warmes Plätzchen unter dem Herd.

Und die Katzen ließen sich das gern gefallen.

Sie erkannten, schlau, wie sie waren, die Möglichkeit, auf einfache Art an Nahrung und Wärme und Schutz gegen die Widrigkeiten des Wetters zu kommen. Wenn sie dafür sorgten, dass die Häuser mäusefrei blieben, brauchten sie nur dann und wann dem einen oder anderen Menschen zu schmeicheln und bei passender Gelegenheit zu schnurren und konnten sich ansonsten ihre Unabhängigkeit bewahren.

So funktionierte das Zusammenleben von Katzen und Menschen damals und so funktioniert es bis heute. Emma und ich waren das beste Beispiel dafür.

Alleinsein sollte mich also nicht schrecken, dachte ich, ich bin mein eigenes Alphatier, wie Bruno gesagt hat. Aber auch ein Alphatier braucht etwas zu essen. Diese Überlegung führte mich zwangsläufig zurück zu den Mäusen. »Eine ausgewachsene Katze braucht etwa acht Mäuse am Tag«, hatte Emma mir einmal erklärt, »und dein Trockenfutter ist so etwas wie getrocknete Mäuse.«

Acht Mäuse, das konnte ich mir nicht vorstellen. Die Anzahl der Mäuse, die ich im ganzen letzten Jahr gefangen hatte, ließ sich fast an meinen Krallen abzählen. Es waren auf keinen Fall genug, um eine ausgewachsene Katze zu ernähren. Acht Mäuse am Tag, dachte ich bedrückt, wie sollte ich das je schaffen? Ich war, wie ich mir eingestehen musste, keine besonders erfolgreiche Jägerin. (Ich hatte es bis zu diesem Zeitpunkt allerdings nie ernsthaft versucht, ich hatte nie aus Hunger gejagt, sondern nur um den in allen Katzen angelegten Jagdtrieb zu befriedigen. Dieser Trieb reichte aber offenbar nicht aus, um mein Überleben zu sichern.)

Ich musste unbedingt lernen, effektiver zu jagen. Weil ich ohne ältere Schwester aufgewachsen war, hatte ich es auch nicht rechtzeitig gelernt. Deshalb sollte ich mir jemand anderen suchen, der bereit war, es mir beizubringen.

Natürlich fiel mir als Erster Bruno ein, doch diesen Gedanken habe ich gleich wieder verworfen. Bruno war, abgesehen davon, dass er humpelte, eine Hauskatze, genau wie ich. Ich wusste zwar, dass er ab und zu auf die Jagd ging, traute ihm jedoch keine besonderen Fähigkeiten zu. Er hatte es ja auch nicht nötig, ein erfolgreicher Jäger zu sein, ebenso wenig, wie ich es bisher nötig gehabt hatte. Er lebte mit einem Menschen zusammen, einem Behinderten im Rollstuhl, der, wie Bruno es formulierte, ganz vernarrt in seinen Kater war und ihm immer rechtzeitig Futter und Wasser hinstellte. Und nicht nur das. Wenn Bruno es sich auf seinem Schoß bequem machte und schnurrte, bekam er Leckerlis, wie er seine Extras nannte, manchmal sogar drei auf einmal. Bruno konnte sein Herrchen gut leiden, er sagte, er habe noch nie einen Menschen so gern gemocht wie ihn.

Bruno, der Hauskater, kam also für die Lösung meines Problems nicht infrage.

Wenn ich es mir recht überlegte, blieben nur die Stromer, Streuner und Strawanzer übrig. Ich musste mir eine Streunerin suchen, die bereit war, mir die notwendigen Tipps und Tricks beizubringen. Das würde, fürchtete ich, gar nicht so leicht sein.

Und das Problem war dringend, mein Fressnapf war nur noch halb voll, und außerdem würde ich mir ein paar Bröckchen aufheben müssen für einen möglichen Notfall. Also mach dich lieber auf den Weg, sagte ich mir, statt hier herumzutrödeln! Such eine Katze, die bereit ist, dir zu helfen! Es ist nicht zu erwarten, dass eine von ihnen von sich aus zu dir kommt und sich anbietet. Und beeil dich! Vermutlich wirst du lange suchen müssen, es wird wohl nicht die erstbeste sein, die sich auf dich einlässt.

Kassandra, hilf mir!, bat ich, flehte ich. Aber eine Antwort bekam ich nicht.

Enttäuscht machte ich mich auf den Weg.

14

Pech hat man oft genug,
aber man kann auch
mal Glück haben.
von mir

Es war dann aber doch die Erste und zugleich auch die Beste, auf die ich stieß. Eine schwarz-weiß-rot gefleckte, grünäugige, nicht mehr ganz junge Katze. (»Dreifarbige Katzen bringen Glück, heißt es«, sagte Bruno, als ich ihm später von ihr erzählte, »auch wenn ich nicht verstehe, was diese drei Farben mit Glück zu tun haben sollen.«) Um das linke Auge hatte sie einen Fleck, der so rund und schwarz war, als wäre ihr ein dicker, schwarzer Farbtropfen darauf gefallen. In diesem kreisrunden Fleck leuchtete ihr linkes Auge besonders grün. Und ihre vier Pfoten waren weiß, als hätte sie weiße Stiefel an. Sie hieß Flecki. Kein besonders origineller Name für eine gefleckte Katze, schoss es mir durch den Kopf, aber ich behielt diesen Gedanken lieber für mich, schließlich wollte ich ja etwas von ihr.

Ich traf sie hinter dem *City-Bistro* neben einer umgekippten Mülltonne. »Kaum zu glauben, was die Leute alles wegwerfen«, sagte sie, als ich neben ihr stehen blieb, »von dieser einen Mülltonne könnte eine Katze mindestens zehn Tage lang satt werden. Also greif ruhig zu, morgen kommt die Müllabfuhr und dann ist der ganze Segen wieder verschwunden.«

Sie schob mir ein Gerippe und ein paar Knochen zu, an denen noch jede Menge Fleisch zum Abnagen hing. »Los, iss schon«, sagte sie. »Für so etwas taugt mein Gebiss sowieso nicht mehr. Außerdem habe ich gerade eine halbe Frikadelle verspeist und jetzt kommt mein leckerer Nachtisch.« Mit diesen Worten machte sie sich über ein zerquetschtes Stück Käsekuchen her.

Ich fing an zu nagen. Es handelte sich tatsächlich um die Überreste eines Grillhähnchens, jedenfalls schmeckte es so wie die Grillhähnchen, die Emma manchmal vom Markt mit nach Hause gebracht hatte. Als ich die ersten Bissen hinunterschluckte, merkte ich erst, dass ich hungriger war, als ich gedacht hatte, und mir fiel ein, was Emma immer gesagt hatte: *Der Appetit kommt mit dem Essen.*

Als wir unsere Mahlzeit beendet hatten und uns mit den

Pfoten Mund und Gesicht säuberten, wie alle Katzen es nach dem Essen tun, brachte ich vorsichtig mein Anliegen vor.

Sie hörte sich alles geduldig an, dann sagte sie: »Du hast Glück, Schätzchen. Ich hatte nämlich früher mal eine jüngere Schwester, die ich besonders geliebt habe. Du hast mich auf den ersten Blick an sie erinnert, weil sie ebenso rot getigert war wie du.«

Mir stockte der Atem vor plötzlicher Freude. »Bist du meine ältere Schwester?«, brachte ich mit Mühe heraus. »Die Schwester, von der ich nicht mehr weiß, wie sie aussah und wie sie hieß? Von der ich nur noch einen Satz im Ohr habe. ›Tu's nicht!‹, hat sie gesagt, bevor ich in den Teich gefallen bin.«

Flecki schaute mich mitleidig an. »Nein, Schätzchen, ich bin nicht deine ältere Schwester, und meine rot getigerte kleine Schwester ist nicht in einen Teich gefallen, sie ist von einer Familie mit zwei Töchtern abgeholt worden.«

Ich senkte den Kopf. Die plötzliche Freude wich einer abgrundtiefen Enttäuschung.

Flecki sah es, sie rieb ihren Kopf an meinem und schnurrte leise. »So selten sind rot getigerte Katzen nun auch nicht.« Und als ich mich nicht rührte und auch nicht antwortete, leckte sie mir über das Gesicht und sagte: »Weißt du was, Schätzchen? Wir können doch so tun, als ob. Als wäre ich deine ältere Schwester. Wer will uns das verbieten? Und eine Als-ob-ältere-Schwester ist allemal besser als gar keine.« Sie schwieg und fügte nach einer kurzen Pause hinzu: »Und glaub mir, Schätzchen, eine Als-ob-jüngere-Schwester ist zehnmal besser als gar keine.«

So haben wir uns gefunden, meine grünäugige Als-ob-ältere-Schwester Flecki und ich, Kitty mit Ypsilon, die von ihr nur Schätzchen genannt wurde.

»Also gut, Schätzchen, fangen wir gleich mit dem Unterricht an. Los, komm mit!«

Wir gingen zum nahen Park und fanden ein ruhiges Plätzchen hinter einem Busch, der übersät war mit kleinen, weißen Blüten, die einen seltsam herben Geruch verströmten, eigentlich könnte man sagen, dass sie stanken. Doch das störte uns nicht.

»Wenn du eine Maus fangen willst«, fing Flecki an, »musst du erst einmal ein richtiges Loch finden, das heißt ein von einer Maus bewohntes Loch. Dazu musst du genau hinhorchen, ob du unter der Erde das Kratzen von Mäusepfoten hörst. Es ist ein sehr leises Geräusch, ungefähr so, wie wenn du dich tief in dich hineinversenkst und dich an das Kratzen deiner neugeborenen Geschwister erinnerst. Außerdem musst du dir den Unterschied zwischen einem bewohnten und einem unbewohnten Mauseloch klarmachen. Bei einem verlassenen Loch ist der Erdring um die Öffnung herum fast flach gedrückt, und wenn es nicht gerade geregnet hat, sieht er ziemlich ausgetrocknet und etwas heller aus als die übrige Erde. Bei einer bewohnten Behausung hingegen ist der ringförmige Wall etwas dunkler und deutlicher zu erkennen. Die Unterschiede zwischen einem bewohnten und einem unbewohnten Loch sind allerdings gering und auch nicht hundertprozentig zuverlässig. Es kann schließlich immer sein, dass eine Maus gerade erst in ein vorher unbewohntes Loch eingezogen ist und eine andere ihr Loch gerade verlassen hat, um woanders zu leben.«

Ich hörte aufmerksam zu. Was Flecki bisher gesagt hatte, konnte ich mir leicht merken, schließlich war ich nicht ignorant. Außer beim Rechnen war ich ein ziemlich heller Kopf, wie Emma oft genug gesagt hatte. Flecki schaute mich mit ihren auffallend grünen Augen fragend an. Ich nickte und sagte, ja, ich hätte es verstanden.

»Und noch etwas, Schätzchen«, fuhr Flecki fort. »Du musst auch darauf achten, dass dir beim Auflauern der Wind ins Gesicht weht, damit die Maus nichts von deinem Geruch auffängt. Und du musst absolut unbeweglich lauern, damit sie keinen Lufthauch spürt. Du darfst höchstens deine Schwanzspitze langsam hin und her bewegen, die Luftbewegung, die von einem Katzenschwanz ausgeht, ist nicht stark genug, dass sie eine Maus warnen könnte.«

Wieder nickte ich und dachte: Das ist eigentlich logisch, darauf hätte ich mit ein bisschen Nachdenken selbst kommen können.

Flecki erklärte weiter: »Dann legst du dich in Lauerstellung vor das Loch, ungefähr in Sprungweite, siehst du, so.« Sie kauerte sich mit eingezogenen Pfoten und leicht vorgeschobenem Kopf hin.

Ich unterbrach sie. »Lauerstellung kann ich schon, sie ist allen Katzen angeboren.«

»Stimmt«, sagte Flecki. »Aber jetzt kommt das Wichtigste, und das musst du unbedingt beherzigen: Du brauchst Geduld, Geduld und nochmals Geduld. Du musst alle Gedanken abschalten und dich nur auf das Loch konzentrieren.

Und selbst dann kann es passieren, dass du Pech hast. Mäuse sind flink, sehr flink, und wenn du sie nicht gleich beim ersten Sprung erwischst, hast du kaum eine Chance.«

Ich bin auch flink, dachte ich, jedenfalls flinker als Flecki. Das sprach ich allerdings nicht laut aus, ich wollte sie ja nicht kränken. Und außerdem war ich ihr schon jetzt unendlich dankbar für alles, der grünäugigen, gefleckten Flecki, meiner Als-ob-älteren-Schwester.

15

Manche Gedanken sind
wie Messer,
sie hacken alles kurz
und klein.
Da wär es manches Mal
doch besser,
leer und gedankenlos zu sein.
von mir

Auch dieses Gedicht hätte von Emma sein können. War es aber nicht. Ich habe es ihr nachempfunden. Ich dachte oft an sie und stellte mir vor, was sie jetzt sagen oder tun würde. Und wenn es möglich war, richtete ich mich nach dem, was sie jetzt von mir erwarten würde.

Ansonsten verbrachte ich viel Zeit mit Flecki, meiner Als-ob-älteren-Schwester, und dieses Leben gefiel mir immer besser. Wir zogen zusammen durch die Gegend. Wir jagten auf den Feldern, die hinter der Siedlung anfingen, in Gärten und im Park.

Ich wurde immer besser im Mäusefangen. Es waren zwar nicht jeden Tag acht Mäuse, die ich erwischte, doch das war auch nicht nötig. Flecki brachte mir bei, wie man Mülltonnen untersuchte und dass in den Papierkörben im Schulhof am Rand der Siedlung immer etwas Essbares zu finden war. Die Kinder warfen oft ihr Pausenbrot weg, entweder weil sie keinen Hunger hatten oder weil ihnen der Belag nicht schmeckte. Uns schmeckte er aber.

In diesen Papierkörben, in die man leicht hineinspringen konnte, fanden sich manchmal wahre Leckerbissen, Brote oder Brötchen mit Wurst, Schinken, Leberwurst, Salami, und für Flecki, die Süßes liebte, Honigbrot und Kuchenreste.

Flecki zeigte mir auch, wo jene Hunde wohnten, die ihr Futter außerhalb des Hauses bekamen, das heißt, bei denen der Fressnapf vor der Haustür oder vor der Terrasse stand, vermutlich weil der Geruch des Hundefutters ihren Menschen nicht angenehm war.

Wir warteten erst hinter dem Zaun und beobachteten, ob der Hund im Garten war, was aber eher selten vorkam. »Hunde halten sich am liebsten in der Nähe ihrer Menschen auf«, sagte Flecki. »Weiß der Himmel, was sie davon haben.«

Wenn wir festgestellt hatten, dass die Luft rein war, das heißt, dass der Hund im Haus war, nutzten wir die Gelegenheit, schlichen zur Terrasse oder zur Haustür und machten uns in aller Ruhe über sein Futter her.

Nur einmal erwischte uns ein Fressnapfbesitzer, ein dicker Boxer mit einem lächerlichen Stummelschwanz, dem vor Wut und Missgunst der Geifer aus dem Maul tropfte. Er rannte uns laut kläffend hinterher, so schnell er konnte, aber erstens war er zu fett, und zweitens waren seine Beine zu krumm, als dass er wirklich schnell hätte rennen können, deshalb erreichten wir gerade noch rechtzeitig einen Kirschbaum dicht am Zaun. Wir flogen förmlich hinauf auf den ersten Ast und retteten uns auf die andere Seite des Zauns. Der dumme Boxer bellte wie ein Besessener, aber er konnte uns nichts mehr anhaben.

Mir war der Schreck in die Glieder gefahren, ich zitterte am ganzen Leib. Doch Flecki fasste sich schnell. Mit erhobenem Schwanz lief sie provozierend dicht am Zaun entlang, vorbei an dem dummen Boxer, der sich überhaupt nicht mehr einbekam. Ich war sehr stolz auf meine Als-ob-ältere-Schwester, so hätte ich mir Kassandra gewünscht, so selbstsicher und mutig. Ich bewunderte sie, wagte aber nicht, es ihr nachzumachen. Ich war, wie gesagt, keine Heldin, deshalb folgte ich ihr vorsichtshalber in gebührendem Abstand vom Zaun.

Flecki war eine gute Lehrerin und auch geduldig, wenn ich mich begriffsstutzig oder ungeschickt anstellte. »Das macht nichts, Schätzchen«, sagte sie dann, »das lernst du schon noch. Schließlich ist noch kein Meister vom Himmel gefallen.«

Ich lernte ständig dazu. Nur eines ist mir bis heute nie gelungen, nämlich eine halb gefüllte Mülltonne umzuwerfen. Ich kenne allerdings auch keine andere Katze, die das so gut kann wie Flecki, die anderen schaffen es höchstens mal zufällig. Flecki hockte sich vor die Mülltonne, peilte einen

Punkt an, den sie Mülltonnen-Sollkippstellen-Druckpunkt nannte, sammelte ihre ganze Kraft und sprang dagegen, sodass die Tonne umfiel und der Deckel aufsprang. Meistens gelang es ihr beim ersten oder zweiten Mal, die Tonne umzukippen.

Ich gewöhnte mich an mein neues Leben mit Flecki und, ehrlich gesagt, es gefiel mir sogar. In diesen Wochen hatte ich, glaube ich, auch abgenommen. Vermutlich nicht nur deshalb, weil mir mein ständig gut gefülltes Schüsselchen mit Trockenfutter fehlte, sondern eher, weil ich nicht mehr viele Stunden des Tages dösend herumlag, sondern ständig auf den Beinen war, um etwas Essbares zu suchen. Ich war leichtfüßig geworden und wurde immer leichtfüßiger. Es war eine gute Erkenntnis, dass ich mich allein versorgen konnte. Die letzten Bröckchen Trockenfutter hatte ich längst aufgegessen. Trinken tat ich manchmal aus dem Goldfischteich im Garten der hellblauen Villa, meist aber aus dem Teich im Park. Es gab zwei, drei flache Stellen, wo man bis an den Teichrand vordringen und trinken konnte, ohne nasse Füße zu bekommen. Besonders angetan hatte es mir ein flacher Stein zwischen schützendem Schilfrohr. Ich passte allerdings gut auf, dass ich das Gleichgewicht nicht verlor. Schließlich wusste ich aus Erfahrung, wie fatal es war, kopfüber ins Wasser zu stürzen. Diesmal hätte es keinen Kater mit Riesenpranken gegeben. Und es hätte mir auch nichts genützt, dass Katzen bei der Geburt sieben Leben geschenkt werden. Diesmal wäre es mein letztes, sinnlos vergeudetes Leben gewesen.

Für meine Ausscheidungen standen mir alle Gärten

der Gegend zur Verfügung. Weil ich oft, sehr oft an Emma dachte, sang ich dabei in Gedanken das Lied vom Katzenklo, das angeblich alle Katzen froh macht und das Emma immer gesungen hatte, wenn sie mein Klo sauber machte. Das Lied ist natürlich Blödsinn, es ist nicht das Klo an sich, das Katzen froh macht, sondern nur ein wirklich sauberes Klo. Mein Klo neben der Kellertreppe war inzwischen so voll, dass ich es nicht mehr benutzen konnte und auf Gärten zurückgreifen musste. Die Gärten waren mehr als ausreichend für meine Zwecke. Jede richtige Katze hat ein angeborenes Bedürfnis, mit den Vorderpfoten ein Loch in die Erde zu graben, zu erledigen, was zu erledigen ist, und die Fäkalien anschließend mit den Hinterpfoten wieder zuzuscharren. Schließlich geht es nicht jeden etwas an, wie man sich gerade fühlt, und man muss auch keinem gleich verraten, dass man hier war und vielleicht bald wieder herkommen wird. Diskretion und Vorsicht gehören zu den größten Katzentugenden.

Abends, wenn es dunkel wurde, ging ich zum Schlafen nach Hause und legte mich in Emmas Bett, das nun zu meinem Bett geworden war, und dachte darüber nach, wie sehr sie mir fehlte. Alle möglichen Szenen gingen mir durch den Kopf, zum Beispiel der Besuch einer ehemaligen Kollegin, die sagte, ein gewisser Erwin sei gestorben.

Emma hatte nichts darauf geantwortet, aber ihr Gesicht hatte sich verändert und ihre Augen waren glasig geworden. Ich kannte sie gut genug, um zu wissen: Jetzt ist sie ganz woanders. Ihrer ehemaligen Kollegin fiel das allerdings nicht auf, sie redete weiter, als wäre nichts. Die meisten Menschen haben stumpfe Sinne, jedenfalls stumpfere als wir. Egal ob es um Sehen, Hören oder Riechen geht. Sie können nichts dafür, sie sind so geboren.

Ein paar Tage später hatte Emma ein schwarzes Kleid und einen schwarzen Mantel angezogen und war mit starrem Gesicht zur Beerdigung gegangen. Auch als sie ein paar Stunden später wieder heimkam, war ihr Gesicht noch immer ungewohnt starr und fremd, und noch sonderbarer war, dass sie mir nicht erzählte, wie es gewesen war.

Auch danach blieb sie tagelang sehr schweigsam. Und als ich sie fragte, ob sie diesen Erwin sehr gemocht hatte, fuhr sie mich an, ich solle meine Nase nicht in alles stecken.

Ich war beleidigt, schließlich hatte ich doch nur eine einfache Frage gestellt.

Nach diesem Vorfall wurde mir etwas klar, was ich vorher nie bedacht hatte: Emma hatte schon ein anderes Leben gelebt, ein Leben ohne mich. Ein langes Leben ohne mich. Ich empfand so etwas wie Eifersucht auf die anderen Menschen und Tiere, die für sie eine Rolle gespielt hatten. Am schlimmsten war jedoch die Vorstellung, dass sie vielleicht schon früher eine Katze gehabt haben könnte. Emma sollte mir allein gehören. Ich wollte die Einzige sein, ich wollte sie mit niemandem teilen, am wenigsten mit einer anderen Katze, die als Erinnerung in ihr weiterlebte.

Nun, im Nachhinein, war ich so traurig und zugleich so wütend, dass ich lange nicht einschlafen konnte.

Ein bisschen Portwein wäre jetzt nicht schlecht, dachte ich. Aber es war keiner mehr da, ich hatte die Flasche ja selbst zerbrochen. Geschieht dir recht, sagte ich mir, ohne zu wissen, was mir wie oder warum recht geschehen sollte.

16

Nachts sieht man
manchmal mehr
als am hellichten Tag.
von mir

Emma hätte das bestimmt als Lebensweisheit bezeichnet, wenn sie zu Hause gewesen wäre. Und wenn ich ihr alles erzählt hätte. Aber das hätte ich vermutlich nicht getan, die Nächte gehörten mir. Die gingen sogar Emma nichts an.

Eines Abends fand wieder ein Treffen im Hof der alten Bäckerei statt. Auch diesmal erfuhr ich nicht, wessen Idee das war und wer das Ganze organisiert hatte. Vielleicht war es ja ein Gerücht, das durch die Luft flog und nur von Katzenohren aufgeschnappt und von Eingeweihten verstanden werden konnte. Zu denen, den Eingeweihten, gehörte ich damals noch nicht, das kam erst später. (Später würde ich, wie die anderen, die Einladung spüren wie ein warmer Lufthauch, der über mein Fell strich und Erwartungen in mir weckte.) Doch bei diesem meinem ersten Mal war es Flecki, die es mir zuraunte, als wäre es ein Geheimnis. Sie war es auch, die mich abends abholte.

Es war eine Fast-Vollmondnacht, über allem lag ein fahles Licht, die Welt sah aus, als wäre in der alten Bäckerei ein bislang unentdeckter, mürbe gewordener Sack aufgeplatzt und hätte alles mit einer dünnen Mehlschicht bestäubt, die Häuser, die Gärten, den Park, die ganze Welt. Oder wie mit Puderzucker bestreut, so wie der Napfkuchen, den Emma manchmal für sonntags backte und der nach Orangeade und Rosinen roch. Dieses mehlig-zuckrige Licht lag auch über der alten Bäckerei, über dem Hof und dem Unkraut und ließ alles fremd aussehen.

Als Flecki und ich ankamen, waren erst drei Katzen da, eine von ihnen war Fips, den ich schon lange nicht mehr gesehen hatte. Er begrüßte mich, als wären wir schon immer die besten Freunde gewesen. Es war mir etwas peinlich vor Flecki, die ihn mit ihren grünen Augen ein bisschen abschätzig musterte. Sie schien ihn nicht zu mögen, vermutlich hatte sich seine Dummheit herumgesprochen.

»Hallo, Kitty«, sagte er. »Endlich trifft man dich mal wieder. Herr Holbein hat dich überall gesucht, ich weiß auch nicht, warum. Aber inzwischen hat er es aufgegeben. Wo treibst du dich bloß rum?«

»Da und dort und irgendwo«, sagte ich.

Und Betty, die alte, grau-weiße Katze aus dem Holzhaus hinter der Schule, sagte: »Keine Katze lässt sich finden, wenn sie nicht gefunden werden will.«

Ich wollte das Thema wechseln, deshalb erkundigte ich mich bei Fips, ob er inzwischen wieder einmal im Tierheim gelandet war.

»Zweimal«, antwortete er stolz.

Flecki warf ihm einen verächtlichen Blick zu und schob mich weiter.

Schon eigenartig, dachte ich, auf was man sich etwas einbilden kann, egal ob es gut oder böse ist, gescheit oder dumm, nützlich oder belanglos, Hauptsache, es ist etwas, was einen von anderen unterscheidet. Tatsächlich waren die gelegentlichen Tierheimaufenthalte das Einzige, was man sich von Fips merken konnte, ansonsten war er einer von denen, an die man schon nicht mehr denkt, noch bevor man ihnen den Rücken zudreht.

Ich hatte ihn schon fast vergessen, deshalb war es seltsam, ihn zu treffen. Wie schnell das geht, dachte ich, wie schnell man sich an einen neuen Alltag gewöhnt. Mein Alltag mit Emma schien ebenfalls mit einer Schicht bedeckt zu sein, einer stumpfen Staubschicht, und als ich sie jetzt mit einer Pfotenbewegung wegwischte, wie man eine beschlagene Fensterscheibe sauber wischt, packte mich eine heftige Sehnsucht nach Emma, nach den friedlichen Stunden auf der Terrasse, nach unseren Gesprächen, nach ihrer Wärme und ihrem Lavendelduft, den ich für einen Moment zu riechen meinte.

Doch mir blieb keine Zeit, mich meinen Erinnerungen hinzugeben. Flecki stellte mich einem alten, silbergrauen Kater mit einem halb abgerissenen linken Ohr vor, der Castro hieß und mich neugierig musterte.

»Das ist Kitty«, sagte Flecki, und ich fügte leise hinzu: »Kitty mit Ypsilon.«

Aber das schien ihn nicht zu interessieren, er hatte sich schon von mir abgewandt und verwickelte Flecki in ein Gespräch über eine Katze, eine gewisse Sonja, die von einem Auto angefahren worden war und Hilfe benötigte.

Irgendwo wurde gegrillt, ein plötzlicher Windstoß wehte den Duft herüber in den Hof der Bäckerei. Es roch verlockend nach gebratenem Fleisch. Der Geruch kam aus der Siedlung. Vielleicht sind es die Reimanns, die den Grill auf ihrer Terrasse angeworfen haben, dachte ich und erinnerte mich an die Grillabende, zu denen auch Emma und ich manchmal eingeladen worden waren. Ich hob die Nase, ich war gefangen von diesem Geruch und konnte an nichts anderes denken. Meine Schnurrhaare zitterten und meine Beine zuckten, sie wollten sich von allein bewegen, strebten hin zu diesem Fleischgeruch. Der Drang war so heftig, dass ich ihn nur mühsam unterdrücken konnte.

Zum Glück wurde ich abgelenkt, denn allmählich kamen auch die anderen Katzen, die Streuner, Stromer und Strawanzer.

Ich beobachtete sie genau, denn ich hatte sie bisher ja nur von oben wahrgenommen, von meinem Platz auf dem

Schornsteinsims aus, abgesehen von der einen oder anderen Katze, die wir, Flecki und ich, unterwegs auf unseren Streifzügen getroffen hatten.

Von oben hatten sie, sah man von den verschiedenen Fellfarben ab, irgendwie gleich ausgesehen, gleich wild, gleich ungestüm, gleich verrückt. Doch hier unten, mitten unter ihnen, stellte ich fest, dass sie nicht nur ganz verschieden aussahen, sondern sich auch ganz verschieden verhielten. Einige begrüßten sich, indem sie sich sanft und freundlich aneinander rieben, andere hielten sich scheu und geduckt im Hintergrund, und wieder andere machten einen Buckel, hoben die Schwänze hoch in die Luft und reckten die Köpfe, als wären sie bereit, jeden anzugreifen, der es wagte, ihnen zu nahe zu kommen. Und das, was ich von oben für wildes Geschrei und aggressives Gefauche gehalten hatte, stellte sich als Schnurren und Knurren und mehr oder weniger freundliches Miauen heraus. Die Streuner waren übrigens leicht zu erkennen, sie waren dünner als die Hauskatzen, langbeiniger, muskulöser. Sie wirkten insgesamt wacher.

Inzwischen hatten die meisten Katzen angefangen zu tanzen. Nein, es war kein Tanzen, obwohl es manchmal so aussah. Sie zeigten sich gegenseitig, wie hoch und wie weit sie springen konnten, sie demonstrierten ihre Geschicklichkeit und miauten laut und immer lauter: Schaut alle her, was ich kann! Ich … ich … ich …!

Es ist also doch ein Wettkampf, dachte ich, aber ein freundschaftlicher. Es ging ganz offensichtlich nur darum, die anderen zu beeindrucken, und nicht darum, sie zu attackieren, wie ich oben auf dem Schornsteinsims gedacht hatte.

Mir wurde klar, dass man kein Urteil aus der Entfernung fällen darf. Und auf keinen Fall von oben nach unten. Da kann man sich nur allzu leicht irren und zu einem Vorurteil kommen. »Vorurteile sind nicht nur ungerecht, sondern auch vorschnell und hochmütig«, hat Emma gesagt. »Vor Vorurteilen muss man sich hüten.«

Warum hatte Bruno mich nicht darauf hingewiesen, wie es hier unten wirklich war, als ich von einer »Meute von Verrückten« gesprochen hatte?

Bei diesem Gedanken hob ich unwillkürlich den Kopf. Ja, er saß dort oben auf dem Sims, Bruno, mein Freund. Sein blaugraues Fell hob sich nur schwach gegen den etwas helleren, blaugrauen Himmel ab. Man hätte ihn übersehen können, wüsste man nicht, dass auf dem Sims neben dem Schornstein der Lieblingsplatz von zwei Katzen war und dass die eine, der Kater, fast die Farbe des Nachthimmels hatte. Ich winkte ihm, er solle herunterkommen, aber er schüttelte den Kopf. Das konnte ich auf diese Entfernung allerdings kaum sehen, eher nur erahnen.

Ich fühlte mich hin- und hergerissen. Einerseits wollte ich sofort hinauflaufen und mich neben ihn setzen. Ich wollte sein duftendes Fell riechen und seinen warmen Atem spüren, wenn er mich beschnüffelte. Ich wollte seine Stimme hören, diese sanfte, etwas heisere Stimme, bei deren Klang es mir wohlig über den Rücken lief. Ich wollte einfach nur mit ihm zusammen sein.

Aber andererseits wollte ich auch hier unten bleiben, mit

Flecki, meiner Als-ob-älteren-Schwester, und den anderen Katzen. Ich hatte das unbestimmte Gefühl, etwas zu versäumen, würde ich jetzt den Hof verlassen. Ich wollte das Vergnügen genießen, das so neu war, so ungewohnt. Das Treffen war offenbar zu einem Fest geworden.

Doch bevor ich mich noch entschieden hatte, ob ich unten oder oben sein wollte, stupste mich Castro an, der alte, silbergraue Kater mit dem halb abgerissenen Ohr, und deutete mit der Pfote auf die Tanzenden, als Zeichen, dass ich mitmachen sollte. Ich stürzte mich in das Treiben, sprang, hüpfte, jaulte und miaute mit den anderen um die Wette, obwohl ich mich, verglichen mit ihnen, ungeschickt fühlte, fast tölpelhaft. Aber das war nicht so wichtig. Das ungewohnte Toben und Tosen fühlte sich gut an.

Ich dachte an das, was Emma einmal gesagt hatte: »Vieles, was besonders wichtig ist im Leben, wird zuerst in Gedanken erlebt. Es spielt sich sozusagen im Kopf ab. Der Kopf eilt voraus, und der Körper und die Gliedmaßen stolpern blindlings hinterher.«

Und ich dachte jetzt: Bei mir ist es jetzt umgekehrt. Mein Körper und meine Gliedmaßen stürzen sich nach vorn, mitten ins Leben, und zerren meinen Kopf hinter sich her. Manchmal ganz dicht, manchmal in einem so weiten Abstand, dass er mit dem Verstehen nicht nachkommt. Es ist, als wären Körper und Kopf nicht durch den Hals, sondern durch ein äußerst dehnbares Gummiband verbunden.

Ein grau getigerter Kater mit einem kurzen, auffallend buschigen, dunkleren Schwanz und einem herausfordernden Glitzern in den Augen rieb kurz seinen Kopf an meinem

Nacken, bevor er begann, mir seine Kunststücke vorzuführen. Er sprang hin und her, wand sich, hob und senkte seine Glieder, er reckte und streckte sich und wirbelte bei seinen Luftsprüngen mit den Pfoten durch die Luft, als würde er trommeln.

Er war wirklich äußerst gelenkig und gab sich offenbar die größte Mühe, mich zu beeindrucken und für sich zu gewinnen. Was ihm aber nicht gelang. Seinen Bewegungen fehlte die Geschmeidigkeit, die fließende Eleganz, die uns Katzen eigentlich eigen ist. Bei ihm sah alles irgendwie hölzern aus, als hätte er die Bewegungen auswendig gelernt und führe sie mir jetzt Stück für Stück vor, einen Sprung nach dem anderen, eine Drehung nach der anderen, alles streng der Reihe nach, als würde er ein Gedicht deklamieren.

Ich wäre ihn gern losgeworden, aber er ließ sich nicht abschütteln. Sobald ich ihm den Rücken zukehrte, war er mit einem Satz wieder vor mir. »Ich heiße Rambo«, rief er mir etwas atemlos zu. »Wenn ich irgendwo auftauche, gibt es Rambozambo, verstehst du?« Einen Augenblick hielt er inne und lachte wie über einen Witz, den ich nicht kapierte.

Dann wurden seine Tänze, ebenso wie die der anderen, immer wilder und ungestümer. Auch der Lärm nahm zu. Ein paar Katzen miauten im Chor, und eine Streunerin, eine fast weiße Katze mit ein paar hellgrauen Flecken, tauchte plötzlich in einer leeren Fensteröffnung im ersten Stock der Bäckerei auf und miaute, den Blick zum Mond gerichtet, ein Solo, so schaurig schön, dass alle innehielten und lauschten. Ihr Fell hatte im gelben Mondlicht die Farbe von Vanillepudding.

Dieses Solo dämpfte die Lautstärke, dämpfte den Rhythmus. Auf einmal bewegten sich alle langsamer, aufmerksamer. Der erste Überschwang hatte nachgelassen. Bis jemand »Aufpassen!« rief. Die Katzen bildeten einen Kreis um eine schöne, dreifarbige Katze und riefen alle durcheinander: »Los, Mizzi, mach schon!«

Die dreifarbige Katze hob eine Pfote, das Publikum wurde still. Sie spannte den Körper, sprang hoch in die Luft und schlug einen Salto, bevor sie mit allen vier Pfoten wieder auf dem Boden landete und mit gespielter Bescheidenheit den Kopf senkte, als vielstimmige beifällige Rufe erklangen.

»Das ist Mizzi, unsere Akrobatin«, sagte Flecki, die plötzlich neben mir aufgetaucht war. »Sie ist die Einzige, die so hoch springen und einen Salto schlagen kann. Ihr Ruf hat sich in der ganzen Stadt verbreitet, vielleicht sogar im ganzen Land.«

»Ach was, sie ist eine Angeberin«, sagte mein ungeliebter Rambozambo-Verehrer. In seiner Stimme lag so etwas wie Neid, und als er weitersprach, hörte er sich richtig gehässig an: »Sie braucht sich wirklich nicht so aufzuspielen. Als ob ein Salto das Höchste wäre.« Er stieß einen verächtlichen Pfiff aus. »Ein einziger Salto! Wir hatten früher mal einen, der konnte einen doppelten Salto schlagen.«

»Echt, einen doppelten?«, fragte ich erstaunt. Das konnte ich mir nicht vorstellen. Nun ja, auch einen einfachen hätte ich mir nicht vorstellen können, bevor ich ihn mit eigenen Augen gesehen hatte. »Und wo ist er jetzt, dieser Superartist?«

Flecki mischte sich in das Gespräch. »Das ist eine traurige Geschichte, Schätzchen«, sagte sie. »Er ist von einem Motorrad angefahren worden, seither ist sein eines Hinterbein krumm, er kann überhaupt nicht mehr springen. Das hat ihn offenbar sehr getroffen. Er geht uns aus dem Weg, redet nicht mehr mit uns und kommt auch zu keinem Treffen.«

Ich spürte förmlich, wie mir das Blut in den Kopf stieg, meine Ohren schienen zu wachsen und wurden ganz heiß. »Sein rechtes Hinterbein?«, fragte ich.

Rambo nickte. »Ja, das rechte«, sagte er. »Er heißt Bruno. Kennst du ihn etwa?«

Unwillkürlich hob ich den Kopf und schaute hinauf zum Schornstein. Dort oben saß er, unbeweglich. Ich konnte es zwar nicht sehen, aber ich war mir sicher, dass er mich beobachtete. »Ein Kampf. Aber das geht dich nichts an«, hatte er gesagt, als ich ihn gefragt hatte, wie das mit seinem Bein passiert war. Warum hatte er so abweisend reagiert? Ich hatte doch nur eine einfache Frage gestellt. Schließlich hatte ich ihm immer alles erzählt, von Emma und wie ich zu ihr gekommen war, sogar von meiner Schwester, von Kassandra, und von meiner Als-ob-älteren-Schwester Flecki. Nichts hatte ich vor ihm verheimlicht, und nie hatte ich zu ihm gesagt: Das geht dich nichts an. Jetzt fühlte ich mich wieder genauso gekränkt wie damals im Park. Gekränkt und zurückgewiesen.

Ich war so verwirrt, dass ich mich Rambo zuwandte und anfing, es ihm nachzutun. Ich sprang herum, so gut ich es eben konnte, und warf nur ab und zu einen verstohlenen Blick hinauf zum Schornstein.

Er saß auf dem Sims, als wäre er kein lebendiger Kater, sondern die Statue eines Katers.

Später, viel später, der Mond war längst weitergewandert und hing irgendwo über der Stadt über einem Kirchturm, löste sich das Fest langsam auf. Eine Katze nach der anderen verschwand. Flecki war ebenfalls schon gegangen. Ein Blick nach oben zeigte mir, dass auch Bruno nicht mehr auf dem Sims saß.

Ich ließ Rambozambo, der mich zurückhalten wollte, einfach stehen und machte mich auf den Heimweg. Ich war müde und freute mich schon auf Emmas Bett.

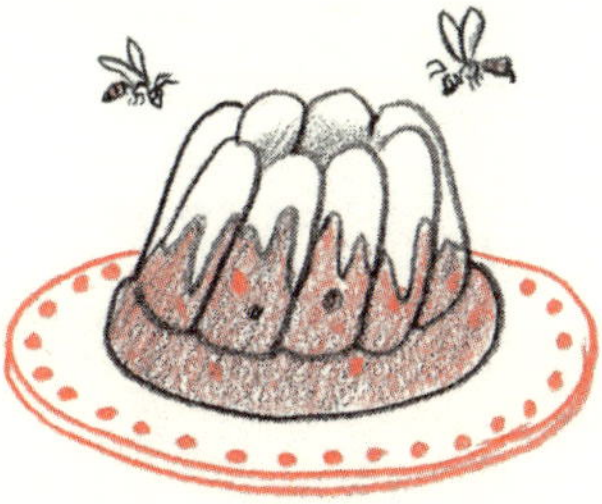

17

Zorn und Groll sind gar nicht toll.
von mir

Während ich nach dem Fest durch das schon etwas taufeuchte Gras schlich, dachte ich daran, wie Bruno und ich damals auf einer Bank im Park gelegen hatten, in der Sonne, und blinzelnd den Ameisen zuschauten, die versuchten, eine tote Raupe in ihren Bau zu schleppen, was ihnen aber nicht gelang. Brunos krummes Bein ragte ein bisschen in die Luft, wie immer, wenn er auf der linken Seite lag.

»Wie ist das eigentlich mit deinem Bein passiert?«, fragte ich. Und plötzlich veränderte sich die Stimmung, als hätte sich eine Wolke vor die Sonne geschoben. Ich spürte es schon, bevor er antwortete.

Sein Körper straffte sich, er rollte sich zur Seite und zog sein krummes Bein unter den Bauch. »Ein Kampf«, sagte er abweisend. »Aber das geht dich nichts an.«

Ich schwieg. Ich fühlte mich gekränkt. Eher durch den Ton als durch die Worte.

Nach einer Weile sprach er weiter, als wäre nichts. Oder als wollte er die Spannung, die zwischen uns fühlbar war, wieder auflösen. »Wie dumm sie sind, die Ameisen«, sagte er, als hätte er mich nicht gerade behandelt wie eine Fremde. »Schau nur, sie quälen sich ganz sinnlos ab.« Und dann erzählte er mir eine lange Geschichte von einer Katze, die jahrelang immer wieder versucht hatte, auf einen bestimmten Ast zu springen, ohne dass es ihr gelungen wäre.

»Warum hat sie sich keinen anderen Baum mit einem tieferen Ast gesucht?«, fragte ich. »Es gibt doch so viele.«

Bruno schüttelte den Kopf. »Sie wollte unbedingt diesen einen Baum, diesen einen Ast, weil darauf ein Vogelnest war. Als sie mit dem Springen begonnen hatte, waren gerade junge Vögelchen geschlüpft, von denen sie sich eines holen wollte. Und als sie aufhörte zu springen, weil sie zu alt geworden war, lebte in dem Nest bereits die fünfte Generation von Vögeln. Diese frisch geschlüpften Vögel waren bei ihr zu einer fixen Idee geworden, sodass sie sogar noch im Herbst und im Winter sprang, wenn die Vögel längst groß geworden und in den Süden geflogen waren zu ihren

Winterquartieren. Sie hatte sich die Vögel in den Kopf gesetzt und war zu dumm oder zu stur, ihren Wunsch mit der Realität zu vergleichen und sich zu fügen.«

Dann sprach er lange und ausführlich über Realitäten, die man akzeptieren müsse, über den Unterschied von Standhaftigkeit und dummer Sturheit und ähnliche Dinge, über die kein Kater außer Bruno je sprach, ohne dass er meine Frage noch einmal erwähnte, geschweige denn, dass er sie ausführlich beantwortete. Er ignorierte sie einfach. Er ignorierte mich.

Jetzt, nachdem ich von dem Motorradunfall gehört hatte, wusste ich selbst nicht, warum ich so zornig auf Bruno war, er hatte mich schließlich nicht wirklich belogen. Er hatte mir nur etwas verschwiegen. Er hatte vor mir angegeben und das kränkte mich. Ein Kampf, hatte er gesagt, und ich hatte natürlich angenommen, er habe mit einem anderen Kater gekämpft. Da kam es schon mal zu Verletzungen. Und normalerweise trugen Kater ihre Blessuren mit Stolz.

Und er? Warum hatte er mir nicht einfach die Wahrheit gesagt, wir waren doch Freunde.

Wenn wir oben auf dem Sims saßen und hinunterschauten auf die Horde Nachtkatzen, empfand er nicht herablassende Verachtung, wie ich vermutet und für die ich ihn insgeheim bewundert hatte. Er war nicht Bruno, der Eigenbrötler, Bruno, der allen Überlegene. Es muss Neid gewesen sein, der ihn auf den Schornsteinsims getrieben hatte, Neid, weil er nicht mehr mithalten konnte. Er war Bruno, der Bedauernswerte, der wegen seiner Behinderung Mitleid verdiente. Er muss doch gewusst haben, was ich dachte, warum hat er mich in dem Irrglauben gelassen? Es ist vor allem dieses Warum, das mich bedrückte. Ich hatte ihm immer alles erzählt. Ich hatte keine Geheimnisse vor ihm. Und es kränkte mich, dass er Geheimnisse vor mir hatte. Aber ein bisschen tat er mir auch leid.

Als ich an den ersten Häusern der Siedlung ankam, trat er plötzlich unter einem Holunderstrauch hervor und ging neben mir her. Er humpelte stärker als sonst, aber vielleicht fiel es mir in dieser Nacht auch besonders auf, weil der Groll an mir nagte. Groll verändert die Wahrnehmung, das hatte ich schon gelernt. Groll verwischt das Schöne, Angenehme und lässt alles Hässliche, Unangenehme umso schärfer hervortreten. Groll macht einen ungerecht.

Irgendwo schrie ein Nachtvogel, ein Hund bellte einmal kurz auf. Im Osten färbte sich der Himmel schon heller, die ersten Vögel fingen an zu singen.

Plötzlich sagte Bruno: »Dieser Rambo ist nichts für dich, er ist ein aufgeblasener Hohlkopf.«

»Ich weiß«, sagte ich und spürte, wie meine Vorbehalte gegen Bruno wie Butter in der Sonne schmolzen. Er ist eifersüchtig, dachte ich, der große Bruno ist eifersüchtig auf den lächerlichen Rambo. Das zeigte doch, dass er etwas für mich empfand.

Wir schwiegen beide. Dann nahm ich meinen ganzen Mut zusammen und fragte: »Warum hast du mir nichts von dem Unfall gesagt, als ich dich danach gefragt habe? Du hast mir eine absurde Geschichte von einer dummen Katze erzählt, die immer vergeblich versucht hat, auf einen bestimmten Ast zu springen. Weißt du das noch?«

Bruno nickte. »Ja.«

»Warum hast du es mir damals nicht erzählt?«

»Ich habe mich geniert«, sagte er nach einer ganzen Weile. »Ich war selbst schuld an dem Unfall, ich habe nicht aufgepasst und bin wie ein x-beliebiger Dummkopf in das Motorrad gelaufen. Das nehme ich mir die ganze Zeit übel. Außerdem habe ich gedacht, wenn wir nicht über mein Bein sprechen, stört es dich vielleicht weniger, dass ich ein Krüppel bin.«

»Es hat mich nicht gestört«, sagte ich. Und nach einer kleinen Pause fügte ich hinzu: »Und es stört mich auch jetzt nicht. Das ist dein Webfehler.«

»Was?«, fragte er erstaunt.

Wir waren inzwischen am Haus angekommen und setzten uns auf die Terrasse. Nicht nebeneinander, jeder auf einen anderen Platz. Bruno auf meinen Stuhl, ich auf Emmas Korbsessel. Das Licht war weniger milchig geworden, die Sterne verblassten. Die Welt war nicht mehr mit Mehl bestäubt, sondern wie von einem dünnen, zartgrauen Zuckerguss überzogen. Die Sterne waren so blass geworden, dass nur noch ein paar zu erahnen waren, und der Mond war ganz verschwunden.

»Wie hast du das gemeint, das mit dem Webfehler?«, fragte Bruno.

»Das hat Emma einmal gesagt. Sie hat eine handgewebte Tischdecke aufgelegt und auf verdickte Stellen gedeutet und gesagt: ›Das sind Webfehler und nur deshalb ist die Decke so schön. Merk dir das, Kitty: Etwas Vollkommenes ohne jeden Fehler ist langweilig, mindestens einen Fehler muss es haben. Das ist nicht nur bei Stoffen so, sondern auch bei Menschen. Und sogar bei Katzen.‹« Ich stockte. Ich hätte es lieber nicht gesagt, vielleicht war es ihm ja gar nicht aufgefallen, dann sprach ich es aber doch aus. »Zum Beispiel sind meine Beine ein bisschen zu kurz, hat Emma gesagt, und meine Augen stehen zu weit auseinander, als dass sie der Schönheitsnorm für Katzen entsprechen. Und vielleicht würde ich ihr gerade deshalb so gut gefallen, hat sie gesagt.«

Wieder schwiegen wir.

»Es tut mir leid«, sagte Bruno.

Und ich sagte: »Mir auch.«

»Ich finde deine Beine nicht zu kurz«, sagte Bruno. »Sie passen zu dir. Und deine Augen sind besonders schön.«

»Und ich finde dein krummes Hinterbein sehr attraktiv«, sagte ich. »Es unterscheidet dich von anderen Katzen.«

Bruno kam zu mir auf den Korbsessel. Wir schmiegten uns aneinander und schwiegen beide. Aber es war nicht diese Art Schweigen, wenn man nicht mehr weiß, was man sagen soll. Sondern das Schweigen von Freunden, die keine Worte mehr brauchen.

18

Manchmal, wenn der
Morgen graut,
ist der Tag schon
voll versaut.
nicht von mir

Dieser Spruch, den ich irgendwo einmal gehört hatte, fiel mir im Lauf jenes Tages ein, von dem ich jetzt erzählen muss, auch wenn es mir schwerfällt und ich mir heute noch wünsche, ich hätte ihn nie erlebt.

Es waren vielleicht drei, vier Wochen vergangen, im Garten blühten der Rittersporn und die Stockrosen am Zaun um die Wette, der Apfelbaum hatte winzige, grüne Früchte angesetzt und die Kastanien im Schulhof trugen schon kleine, hellgrüne Stachelkugeln, da wachte ich eines Morgens davon auf, dass unten an der Haustür der Schlüssel im Schloss umgedreht wurde. Emma!, dachte ich und wie ein Blitz schoss mir die Freude durch den Körper, mir wurde ganz heiß. Emma, endlich!

Mit einem Satz war ich aus dem Bett. Doch noch bevor ich den Treppenabsatz erreicht hatte, hörte ich Stimmen. Fremde Stimmen. Männerstimmen. Ich lugte vorsichtig um die Ecke vom Treppenabsatz.

Sie waren zu dritt, alle drei in dunkelblauen Latzhosen und karierten Hemden mit aufgekrempelten Ärmeln, alle drei gleich groß und stämmig. Sie hätten Drillinge sein können. Einer, der sich von seinen Kollegen nur durch einen mächtigen Schnauzbart unterschied, sagte: »Am besten fangen wir mit dem Wohnzimmer an, was meint ihr?«

Der zweite sagte: »Gut, dann haben wir den größten Brocken gleich hinter uns.«

Und der dritte nickte nur.

Als sie im Wohnzimmer verschwunden waren, wutschte ich die Treppe hinunter, durch die offene Haustür ins Freie und hinauf auf den Apfelbaum. Dann saß ich auf meinem bevorzugten Aussichtsast und versuchte zu verstehen, was sich abspielte.

Vor dem Haus stand ein riesiger, blauer Lastwagen mit der Aufschrift: *H. Herrmann, Transporte und Umzüge.* Das Auto war so groß, dass es unsere schmale Straße fast ausfüllte. Jedenfalls hätte kein anderes Auto daran vorbeifahren können.

Ein paar Nachbarn kamen neugierig aus ihren Häusern und versammelten sich vor unserem Hoftor. Sie redeten miteinander, ich sah, wie sich ihre Münder bewegten, wie sie die Köpfe einander zuwandten, wie sie nickten oder den Kopf schüttelten, aber ich konnte sie nicht verstehen. Als sich dann auch Herr Holbein zu ihnen gesellte, hielt ich es nicht mehr aus, ich musste hören, was sie sagten. Ich sprang vom Baum und versteckte mich in dem schon längst abgeblühten Pfingstrosenbusch nicht weit vom Hoftor.

»Will Frau Schwert etwa umziehen?«, fragte Frau Reimann.

»Nein«, antwortete Herr Holbein. »Sie kommt nicht mehr zurück. Sie ist jetzt ein Pflegefall und wurde letzten Donnerstag in ein Pflegeheim verlegt, direkt vom Krankenhaus aus. Ich habe sie noch am Mittwoch besucht, da hat sie es mir erzählt. Sie hatte einen zweiten Schlaganfall, jetzt ist sie halbseitig gelähmt und pflegebedürftig. Sie hat gesagt, ihr bleibe keine andere Möglichkeit, nur noch das Heim.«

Sie ist in einem Heim und kommt nicht mehr zurück. Das war erst einmal alles, was zu mir durchdrang. Für einen Moment wurde mir schwindlig, und ich hatte das Gefühl, gleich ohnmächtig zu werden. Ich schloss die Augen, und als ich sie wieder aufmachte, stellte ich verwundert fest, dass die Sonne noch immer schien und die Vögel zwitscherten, als wäre nichts passiert. Als wäre nicht gerade meine Welt untergegangen. Als hätte nicht gerade mein zweites Leben, das mit Emma, einfach aufgehört.

Und dann sah ich, dass sie immer noch da standen, Herr Holbein, Frau Reimann, Frau Sedlmeyer, Frau Zillich aus dem Haus gegenüber und ihr Mann, der sich gerade mit einem Taschentuch über die Glatze fuhr.

»Die Ärmste«, sagte Frau Sedlmeyer, die geschwätzige Landplage, mit einem scheinheilig mitleidigen Unterton in der Stimme. »Seit ihrem Schlaganfall vor ein paar Jahren ist sie nicht mehr die Alte. Und hat sich was darauf eingebildet, dass sie nicht so dick geworden ist wie andere Frauen, die mit fünfzig, sechzig noch einmal gehörig auseinandergehen.«

»Nun ja, wir werden alle nicht jünger«, sagte Frau Zillich, die fast so dick war wie Frau Sedlmeyer, und auch in ihrer Stimme lag nicht nur Mitleid. »Wer weiß, was uns noch alles passiert. Ein Schlaganfall kann jeden treffen.«

»Halt den Mund«, sagte ihr Mann, steckte das Taschentuch wieder ein und stützte sich auf Emmas Gartentor. »Man soll das Unglück nicht beschreien, sonst redet man es vielleicht herbei.«

Sie sprachen weiter über Krankheiten, vor denen man sich nicht schützen könne, und darüber, dass das Altwerden kein Vergnügen sei, damit müsse man sich abfinden. »Alt werden ist nichts für Feiglinge«, sagte Herr Zillich von gegenüber, aber sein Lachen und das Lachen der anderen klang nicht fröhlich, eher gezwungen.

Ich bekam fast keine Luft mehr, so sehr hatte mich die Nachricht getroffen, dass Emma nicht mehr zurückkommen würde. Ich war wie gelähmt, ich konnte nicht weglaufen, ich konnte mich überhaupt nicht mehr rühren. Auf einmal stand mir eine Szene vor Augen, als hätte ich sie gerade erst erlebt. Eine Szene, in der Emma von früher erzählt hatte, von einer Zeit, in der sie noch jung gewesen war.

Wir hatten auf der Terrasse gesessen, unserem Lieblingsplatz. Ich wusste nicht mehr, wie wir auf das Thema gekommen waren, aber ich erinnerte mich genau, was Emma erzählt hatte.

»Ich hatte einmal lange, kastanienbraune Haare«, fing sie an, »eine üppige Lockenmähne, und alle haben gesagt, was für eine schöne junge Frau ich doch sei. Viele Männer haben ihr Glück bei mir versucht, aber mir war keiner gut genug. Verstehst du, Kitty, ich bin selber schuld an meiner Einsamkeit im Alter, mein eigener Hochmut ist schuld. Ich habe mich für etwas Besseres gehalten.«

Und dann sang sie mir ein Lied vor, mit einer Stimme, die auf einmal viel brüchiger war als ihre normale Sprechstimme. Und das ist das Lied, das sie sang, ich habe es noch genau im Ohr: *»Unk, unk, unk, vor Zeiten war ich jung. Hätt ich einen Mann genommen, wär ich nicht ins Heim gekommen, unk, unk, unk, vor Zeiten war ich jung.«*

Ihr Blick ging in die Ferne, ihre Augen wurden glasig und feucht. Sie war weit weg von mir. »Emma«, flehte ich.

Sie reagierte nicht.

Ich legte ihr die Pfote auf den Arm. »Emma, was ist mit dir? Du bist doch gar nicht in einem Heim.«

Sie schaute mich an wie aus weiter Ferne. Dann kam sie langsam zurück. Sie lächelte etwas verkrampft und sagte: »Was nicht ist, kann noch werden.«

Das war als Scherz gemeint, dachte ich jetzt, und ist bitterer Ernst geworden. Eine Weissagung. Hatte Emma ebenfalls prophetische Gaben, wie sie es von dieser griechischen Kassandra erzählt hatte? Und wie so oft fragte ich in Gedanken: Kassandra, hörst du mich? Und wie so oft bekam ich keine Antwort.

»Was passiert jetzt eigentlich mit dem Haus?«, hörte ich Frau Reimann fragen. »Sie hat doch keine Kinder.«

»Sie hat einen Neffen, der kümmert sich um alles«, sagte Herr Holbein. »Elmar Schwert, der Sohn ihres verstorbenen Bruders. Er ist ihr einziger Verwandter. Sie hatte nicht viel Kontakt mit ihm, sie haben sich an den Geburtstagen immer angerufen und zu Weihnachten eine Karte geschickt, das war alles, soviel ich weiß. Er wohnt weit weg, irgendwo in Norddeutschland, aber als er von ihrer Krankheit erfuhr, ist er sofort gekommen und hat alles in die Hand genommen. Sogar das Haus ist schon verkauft worden, von einem Tag auf den anderen. Kein Wunder, die Wohngegend ist nicht schlecht und die Grundstücke sind enorm im Wert gestiegen. Ich habe gehört, dass eine Familie mit Kindern das Haus gekauft hat und bald einziehen will. Das Geld für das Haus war nötig, damit Frau Schwert in ein wirklich gutes privates Pflegeheim kommen konnte.«

Das Haus war also schon verkauft. Unser Haus. Unser Zuhause.

Die Männer schleppten das blaue Sofa heraus, auf dem ich so oft gelegen hatte, und schoben es in den Möbelwagen. Ich schaute ihm bedauernd hinterher. Dann waren die Kommode, der Fernsehsessel, der Bücherschrank und der runde Tisch mit den vier Stühlen an der Reihe. Sogar der zusammengerollte Perserteppich verschwand in dem großen Maul des Möbelwagens.

Bei jedem einzelnen Möbelstück, das herausgetragen

wurde, tat mir das Herz weh, als wären die Gegenstände vertraute Freunde, die ohne angemessenen Abschied verschwanden. Und bei jedem Möbelstück sah ich Emma vor mir, wie sie es alle paar Monate mit Möbelpolitur abgerieben hatte, jedes einzelne, damit es wieder schön sauber und frisch aussah.

»Ich werde sie bestimmt im Pflegeheim besuchen«, sagte Herr Holbein. »Sie ist eine anständige Frau und war immer eine gute Nachbarin. Und sie hat ja sonst niemanden, nachdem ihr Neffe wieder nach Hause gefahren ist.«

»Und was passiert mit ihren Möbeln?«, fragte Frau Reimann, als die Möbelpacker das auseinandergebaute Bett und die Matratze anschleppten. In diesem Bett hatte ich über zwei Jahre lang geschlafen. Gut geschlafen. Wo sollte ich die nächste Nacht verbringen?

»Keine Ahnung«, sagte Herr Holbein. »Entweder werden die Sachen irgendwo gelagert, bis der Neffe sich darum kümmert, oder sie landen bei irgendeiner Wohlfahrtseinrichtung.« Und dann fügte er etwas leiser hinzu: »So wertvoll sind sie ja nicht.«

Das sagt sich so leicht, dachte ich. Für uns waren sie wertvoll, für Emma und mich. Jedes einzelne Stück war wertvoll. Ein Stuhl war zwar nur ein Stuhl, aber er wurde zu mehr als einer Sitzgelegenheit, wenn eine Frau wie Emma darauf saß. Und die Kommode war nicht einfach nur ein Möbelstück, wenn in der obersten Schublade die Extras lagen, mit denen Emma mich belohnte, wenn ich eine besonders gescheite Antwort gegeben oder einen schönen Vers gemacht hatte. Ganz zu schweigen vom Bett, das natürlich nicht nur ein Schlafplatz war, sondern, wenn Emma und ich darin lagen, ein Hort des Friedens und der Entspannung.

Ich konnte mich nicht auf das konzentrieren, was Herr Holbein sonst noch sagte, ich starrte das Bettgestell und die Matratze an und dachte daran, wie wir jeden Abend gemeinsam darin gelegen hatten, Emma und ich.

Das war vorbei. Für immer.

Und dieses »vorbei für immer« tat mir so weh, dass ich mich zusammenkrümmte. Ich wurde überschwemmt von Erinnerungen.

Emma, meine Pflegemutter, war die wichtigste Person in meinem Leben. Natürlich hatte ich früher einmal eine richtige Mutter gehabt, jedes Geschöpf hat eine Mutter, aber ich erinnerte mich nicht an sie, ich hatte keine Ahnung, wie sie ausgesehen hatte. Oder mein Vater. Falls der Kater mit den Riesenpranken mein Vater war. Oder meine große Schwester. Ich meinte, mich vage an den Geruch meiner Mutter zu erinnern, wusste aber nicht, ob es ihr Körpergeruch war oder nur der Geruch der Milch, die ich aus ihren Zitzen gesaugt hatte. An deren süßlichen, fettigen und ein bisschen bitteren Geschmack konnte ich mich seltsamerweise noch gut erinnern. Aber ob es eine Erinnerung war oder nur ein Traum, weiß ich nicht genau. Doch ich bin sicher, dass ich meine Mutter geliebt habe. Alle Kinder lieben ihre Mütter.

Aber jetzt liebte ich Emma. Ich hatte meine Mutter verloren und Emma dafür bekommen. Emma war das Zentrum meines Lebens, obwohl sie keine Katze war, sondern nur eine Menschenfrau. Aber was für eine! Die beste, die ich mir hätte wünschen können. Und der Gedanke, dass unser gemeinsames Leben zu Ende war, tat mir weh, sehr weh.

Mein Kummer ist zu groß für mich, dachte ich, oder ich bin zu klein für einen so großen Kummer. Ich kann ihn nicht allein tragen. Das ist ein so großer Einschnitt, ein so großer Verlust, dass jetzt vermutlich mein drittes Leben anfängt, ein Leben, das ich mir so nicht gewünscht habe. Mein erstes Leben, sofern man es überhaupt Leben nennen konnte, hatte mit einer tödlichen Gefahr geendet, die ich nicht heldenhaft überstanden hatte, sondern nur durch dummes Nichtstun und mit der Hilfe anderer Katzen. Mein zweites Leben, das mit Emma, hatte ich jetzt verloren, wenn auch nicht durch eigene Schuld, sondern wegen Emmas Krankheit und ihrem Umzug ins Pflegeheim. Galt nur eine körperliche Gefährdung als das Ende eines Katzenlebens, oder auch eine psychische? Fing jetzt tatsächlich mein drittes Leben an?

Woher sollte ich das wissen? Ich musste jemanden fragen. Und Bruno war der Einzige, der mir das sagen konnte. Doch Bruno war schon seit Tagen nicht mehr aufgetaucht, er war einfach nicht da, und wenn ich vor seinem Haus stand und ihn rief, kam keine Antwort.

War er für immer verschwunden?

Ich hielt den Anblick des riesigen Autos, in das die Männer jetzt schwere Umzugskartons schleppten, nicht mehr aus. Ich konnte nicht zusehen, wie Stück für Stück meiner vertrauten Umgebung aus dem Haus gebracht und eingeladen wurde. Ich sprang aus dem Pfingstrosenbusch und lief über die Wiese zu den Stockrosen und durch das

Loch im Zaun, das Emma meinetwegen nie hatte reparieren lassen, damit ich bequem durchschlüpfen konnte.

»Kitty!«, rief Herr Holbein. »Da ist sie ja endlich. Frau Schwert wird sich freuen, wenn sie erfährt, dass ihre Katze gesund und munter ist. Sie fragt jedes Mal nach ihr und macht sich Sorgen, dass ihr etwas passiert sein könnte.«

Habe ich nicht schon gesagt, dass er seine Augen überall hatte?

Ich drehte mich nicht um, gab kein Zeichen, dass ich ihn gehört hatte. Ich machte einen Satz und verschwand auf dem Weg zur alten Bäckerei.

Einen ganzen Tag lang hatte ich nur böse Gedanken im Kopf und Traurigkeit im Herzen. Bis ich es nicht mehr aushielt, mich gegen Abend vor Brunos Haus setzte und seinen Namen rief. Nicht besonders laut und nicht besonders hoffnungsvoll.

19

Katzenjammer,
ganz allein,
schlimmer kann es
gar nicht sein.
von mir

Bruno war wieder da, was für ein Glück. Er kam sofort, als ich ihn rief. Er schnurrte mich an, aber als ich nicht zurückschnurrte, wusste er, dass etwas nicht stimmte. »Komm!«, sagte er.

Schweigend liefen wir nebeneinander her zur alten Bäckerei. Es war zwischen Nachmittag und Abend, eine Zeit, die Emma immer »die blaue Stunde« nannte. Die Sonne stand schon tief im Westen. Rundliche Wölkchen schwammen wie Wattebäusche an einem blassblauen Himmel, der am Horizont fast weiß wurde. »Was für ein Wattewetter«, würde Emma jetzt sagen, und vielleicht tat sie das ja auch dort, in dem Heim, in dem sie jetzt war. Vielleicht schaute sie genau in diesem Moment aus dem Fenster und sagte: »Was für ein Wattewetter.« Und wenn der Himmel blau und wolkenlos war, sagte sie immer: »Was für ein Glockenblumenwetter.« Graue Wolken, Regen und Wind waren für sie ein »Hundewetter«.

Mir wären in diesem Moment graue Wolken, Regen und Wind lieber gewesen, sie hätten wesentlich besser zu meiner Stimmung gepasst.

Erst als wir oben auf dem Schornsteinsims saßen, unserem Stammplatz, sagte Bruno: »Jetzt rück schon damit raus! Was ist los?«

»Emma«, sagte ich. »Emma wird nicht mehr nach Hause zurückkommen, sie ist in ein Pflegeheim verlegt worden, weil sie nicht mehr für sich allein sorgen kann. Sie kommt nicht mehr zurück und ich bin allein, das ist los. Und das Haus ist auch schon verkauft. Bald werden fremde Leute einziehen.«

Bruno schwieg. Was hätte er auch sagen können? Wenn Menschen eine Situation verändern, bleibt uns Katzen nichts anderes übrig, als uns zu fügen. Wir werden nicht gefragt, wenn es um lebenswichtige Entscheidungen geht.

Unter uns, im Hof, kauerte Flecki vor einem Mauseloch, und nicht weit von ihr entfernt, auf einer zerborstenen Steinplatte, saß Castro, der alte, silbergraue Kater mit dem halb abgerissenen Ohr, und schaute ihr zu. Die beiden waren seit dem letzten Katzentreffen häufig zusammen. Wir Katzen sind zwar grundsätzlich Einzelgänger, was aber nicht heißt, dass wir uns nicht für kürzere oder längere Zeit miteinander anfreunden könnten. Wie Bruno und ich. Und wie Flecki und der silbergraue Castro.

Ich blickte über unser Viertel hinweg. Die Umrisse der Stadt wurden langsam dunkler, hoben sich zunehmend schärfer gegen den Himmel im Westen ab, an dem die Sonne tiefer sank. Es war kein spektakulärer Sonnenuntergang, bei dem der Himmel zu brennen scheint, sondern einer jener sanften, perlmuttfarbenen. Wie Vanilleeis, durchzogen mit Streifen von rosigem Himbeersaft, so hätte Emma es vielleicht beschrieben.

»Ich liebe Rosen«, sagte ich zu Bruno, ziemlich unvermittelt, wie mir selbst auffiel.

»Lenk nicht ab!«, sagte Bruno. »Du musst dich deinen Problemen stellen.«

Das ist platt, würde Emma sagen, platter geht's nicht. Auch wenn er natürlich recht hatte. Es ging jetzt nicht um irgendwelche Blumen, obwohl ich Rosen wirklich besonders gern hatte. Es ging um Emma.

»Schlimme Gedanken kommen wieder, wenn man sie nicht zu Ende denkt, merk dir das!«, fuhr Bruno fort.

Das hätte Emma sicher als Lebensweisheit bezeichnet und mir irgendeine Geschichte erzählt, um diesen Satz näher zu erklären. Emma. Ich sah sie plötzlich so deutlich vor mir, dass es mir die Kehle zuschnürte. Es dauerte eine Weile, bis ich sprechen konnte. Bruno wartete geduldig.

»Ich bin sehr traurig, weil ich Emma nicht mehr sehen werde. Sie ist alles für mich. Und ich bin auch traurig für sie, weil sie nun in diesem Heim leben muss. Sie ist ein Mensch, sie hat ja nur ein Leben, und jetzt ist sie krank.«

Ich stockte wieder. Der schlimmste Gedanke würgte mich im Hals, als hätte ich ein Knöchelchen verschluckt, das nicht mehr rauswollte. Als würde das, was ich am meisten fürchtete, zur Wahrheit, wenn ich es laut aussprach. »Ich habe Angst, dass sie stirbt«, sagte ich dann doch.

Auch Bruno zögerte, als falle ihm das Sprechen schwer. »Sterben ist nicht so schlimm«, sagte er schließlich, »zumindest nicht für den, der stirbt. Es ist nur schlimm für diejenigen, die zurückbleiben. Sie denken jeden Tag an den Verwandten oder Freund, den sie verloren haben. Aber der Tote fühlt nichts mehr.«

»Ist es nicht furchtbar, wenn man nichts mehr fühlt?«, fragte ich, erschrocken von dieser Vorstellung.

Bruno rieb seinen Kopf an meinem. Ich roch sein Fell, spürte seinen Atem. »Ach, Kitty«, sagte er, »du bist noch so jung, du verstehst das nicht. Hör zu: Als du noch nicht geboren warst, hast du doch auch nichts gefühlt, oder?«

»Nein, natürlich nicht.«

»Und? Fandest du das furchtbar?«

In diesem Moment machte Flecki einen Satz. Sie hatte die Maus erwischt und fing an, mit ihr zu spielen. Loslassen, zuschlagen, loslassen, wie Katzen es gern mit ihrer Beute tun, bevor sie sie fressen, als hätten sie sich keine Nahrung gefangen, sondern ein Spielzeug.

»Nein, ich fand es nicht furchtbar«, sagte ich. »Ich habe doch nichts davon gewusst. Vom Leben, meine ich. Und vom Denken auch nicht.«

»Genau«, sagte Bruno. »Du hast nichts gewusst. Und wenn du tot bist, wirst du auch nichts mehr wissen. Nach dem Leben ist nicht anders als vor dem Leben. Der einzige Unterschied ist: Wenn du geboren wirst, bist du hungrig. Und wenn du stirbst, bist du hoffentlich satt.«

Er schwieg, ich schwieg auch. Eine Schwalbe flog an uns vorbei, eine zweite folgte. Ich wusste nicht, was ich empfinden sollte, ich war seltsam leer. Ich dachte an Emma, die alt war, hatte zugleich aber das deutliche Gefühl, dass Bruno von sich selbst sprach. War er dem Tod schon so nahe? Er war älter als ich, wie viele Jahre eigentlich?

»Hast du wirklich keine Angst vor dem Sterben?«, platzte ich plötzlich heraus.

Bruno senkte den Kopf und leckte mir über das Gesicht, sehr zärtlich, aber auch ein bisschen herablassend, fand ich.

»Sterben ist nicht schlimm, wenn man alle sieben Leben gelebt hat«, sagte er. »Es ist nur dann schlimm, wenn zwei oder drei Leben fehlen und wenn man sich voll Bedauern fragen muss, was man wohl alles versäumt hat.«

»Warum müssen wir eigentlich sterben?«, fragte ich.

»Ach, Kitty.« Bruno wurde auf einmal sehr ernst. Oder spöttisch. Ich konnte es nicht unterscheiden. »Was für eine Frage. Eigentlich könntest du dir die Antwort selbst geben. Wir müssen sterben, um Platz für die nächsten Generationen zu machen. Unsere Kinder und Kindeskinder wollen auch leben, und sie wollen die Nachkommen der Mäuse fangen, die wir übrig lassen mussten.«

Er war so abgeklärt, ich konnte es nicht verstehen. »Wie viele Leben hast du noch?«, fragte ich.

»Nur noch eines«, sagte er. »Ich bin letzte Woche operiert worden, deshalb war ich auch nicht hier, ich war in der Tierklinik. Es war eine schwere Operation. Danach habe ich mein siebtes Leben angefangen.«

Ich erschrak. Ich wollte ihn nicht auch noch verlieren. Bedrückt fragte ich: »Wie lange dauert ein Leben? Ich meine, sind alle sieben Leben gleich lang?«

Bruno schob sein Gesicht zu mir, leckte mir über die Stirn und schnurrte beruhigend. »Nein, Kitty, und zum Glück wissen wir nicht im Voraus, wie lange ein Leben dauert, das würde uns den Mut und die Lebenslust rauben. Ich hatte einen sehr klugen Großvater, der hat immer gesagt: Ein Jahr, ein Tag, was heißt das schon, was schön ist, trägt in sich den Lohn.

»Das verstehe ich nicht«, sagte ich, und Bruno sagte: »Dazu bist du noch zu jung, Kitty, aber eines Tages wirst du dich an mich erinnern und es verstehen.«

»Eines Tages«, sagte ich.

»Ja, eines Tages.«

In jener Nacht schlief ich in der alten Bäckerei, weil die Möbelpacker die Kellertür zugemacht hatten. Der Weg in unser altes Heim war mir versperrt. Außerdem war es ja auch leer geräumt worden. Zum Glück hatte ich in einem angebauten Schuppen neben der Bäckerei einen Haufen Säcke entdeckt, auf denen man ganz gut liegen konnte. Sie rochen nach modrigem Mehl und sogar noch leicht nach Katzen. Bestimmt hatte hier schon der eine oder andere Streuner geschlafen. Diese Vorstellung fand ich beruhigend.

20

Sonnenschein
und Mäusespeck
gibt dem Leben
Sinn und Zweck.
von mir

Es war Sommer, ein warmer Sommer, und mein neues Leben, das einer Streunerin, war erst einmal gar nicht so schlecht, zumindest nicht bei gutem Wetter. Die meiste Zeit lief ich in den Gärten herum, mal mit Flecki, meiner Als-ob-älteren-Schwester, mal mit Bruno oder mit beiden, und fing Mäuse. Schließlich muss man ja von irgendetwas leben.

Als ich wieder einmal vor einem Mauseloch lauerte, fiel mir ein, dass Emma mich einmal, als ich vom Jagen nach

Hause zurückkam, gefragt hatte, ob mir die armen Mäuse nicht leidtäten.

Ich hatte mit einer Gegenfrage geantwortet. »Wieso denn das? Tun dir etwa die armen Kartoffeln leid, die du gerade schälst?«

»Das ist etwas ganz anderes«, sagte sie. »Kartoffeln sind Gemüse, also hirnlos.«

»Ach ja?«, sagte ich. »Und was ist mit deinen Grillhähnchen? Dem Räucherschinken? Dem Schnitzel und dem Kotelett? Hör zu, mir fällt gerade ein passender Reim ein: *Der Katze schmecken Mäuse gut, so wie's dem Mensch ein Schnitzel tut.*«

Emma lachte. Dann zuckte sie mit den Schultern und sagte: »Du hast ja recht, reden wir nicht mehr darüber.«

Und ich dachte nun, vor dem Mauseloch, vielleicht sind Mäuse ja so hirnlos wie Gemüse. Ich hatte jedenfalls keine Ahnung, was sie taten, außer Körner zu fressen und sich andauernd zu vermehren, viel schneller und viel zahlreicher als Katzen. Katzen beschäftigen sich nicht nur mit Essen und Vermehrung, sondern auch mit anderen sinnvollen Tätigkeiten. Zum Beispiel mit Dösen und Denken. Mäuse wuchsen jedenfalls ständig nach, das war sicher. In der Nähe von Häusern gab es mehr Mäuse, als die paar Katzen brauchten, die da lebten, und zum Glück waren sie dumm genug, sich fangen zu lassen.

Die Nahrung ging mir also nicht aus. Wasser trank ich aus dem Teich im Park oder aus dem Goldfischteich im Garten der hellblauen Villa. In dieser Villa lebte auch eine Katze, ein langhaariger Perserkater, der aber nichts mit uns zu tun haben wollte. Er lag den ganzen Tag in einem Sessel auf der Terrasse, auf einem Seidenkissen, und wenn ich an ihm vorbeiging, hob er nur kurz die Lider und ließ sie gleich wieder sinken. Bestimmt lebte er nur von Rinderhack und Extras. Von mir aus, soll er doch! Ich war kein bisschen neidisch auf ihn und sein langweiliges Leben. Ich fauchte ihn nur kurz an und ging weiter.

Manchmal legte ich mich irgendwo in die Sonne und schlief und träumte von Emma. Ich träumte immer von Emma. Kaum machte ich die Augen zu, sah ich sie vor mir: Emma, die sich im Korbsessel auf der Terrasse räkelt. Emma, die meine Futterschüssel füllt. Emma, die ihre Einkäufe auspackt, Emma, die die oberste Kommodenschublade aufzieht und ein Extra für mich herausholt, Emma, die abends im Bett ihr Gläschen Portwein trinkt, bevor sie sich auf die Seite legt und mich zur guten Nacht streichelt. Diese Vorstellungen nahmen mich ganz gefangen, sodass ich die Welt um mich herum vergaß. Das war nicht ungefährlich, denn ab und zu kam ein Hund wütend auf mich zu. Aber diese Tölpel sind nicht besonders schlau. Sie hecheln so laut, dass jede normale Katze früh genug aufwacht, um sich in Sicherheit zu bringen.

Und dann gab es ja noch Flecki und Bruno, die ich regelmäßig traf. Die Tage verliefen also ziemlich angenehm. Abgesehen davon, dass es ja nicht nur Sonnentage gab. Schwierig war es, wenn es regnete. Wir Katzen haben es, abgesehen vom Trinken, nicht so mit dem Wasser, weder mit Wasseransammlungen auf der Erde, wie zum Beispiel Teichen, Bächen oder Pfützen, noch mit Wasser, das von oben kommt. Bei Regen verkroch ich mich irgendwo. Wenn ich Glück hatte, erreichte ich noch vor den ersten Tropfen die alte Bäckerei. Doch das gelang mir nicht immer. Dann kam ich nass und frierend dort an, legte mich auf meinen Haufen Säcke und versuchte, mir die Nässe aus dem Fell zu lecken. Und dachte, dass mir so etwas mit Emma nie passiert war.

Manchmal besuchte mich Bruno auf meinem Schlafplatz. Wir unterhielten uns dann über dieses und jenes. Und irgendwann stellte ich die Frage, die mich schon seit Tagen nicht losließ und zur Besessenheit geworden war. Vielleicht auch nur, um mich von den Gedanken an Emma abzulenken. Ich wollte jedenfalls auch etwas Besonderes können. Wie die dreifarbige Mizzi, die Akrobatin. Ich wollte nicht nur die kleine Rotgetigerte sein, die Kitty hieß und von Flecki »Schätzchen« genannt wurde.

»Bruno«, fragte ich, »kannst du mir beibringen, wie man in der Luft einen Salto schlägt?«

Er betrachtete mich lange und prüfend, dann sagte er: »Deine Beine sind ein bisschen zu kurz, um richtige Sprungkraft zu entwickeln, aber andererseits bist du klein genug, um einen Purzelbaum in der Luft zu schlagen, denn etwas anderes ist ein Salto nicht. Vielleicht könnte es klappen. Weißt du was? Wir werden es einfach probieren.«

Am Tag darauf fingen wir im Hof der alten Bäckerei mit dem Training an.

»Spring, so hoch du kannst!«, sagte Bruno.

Ich spannte meine Muskeln und sprang, so hoch ich konnte, und als ich wieder auf der Erde landete, kitzelte mich das Unkraut am Bauch. Ich hatte das Gefühl gehabt, zu fliegen, aber Bruno war nicht zufrieden.

»Höher«, befahl er. »Viel höher!«

Und ich sprang und sprang, bis ich keuchte und fast keine Luft mehr bekam.

Zwei Tage später sagte er, ich solle mich im Sprung um meine eigene Achse drehen. Das klappte auf Anhieb. Ich sprang und drehte mich in der Luft. Anfangs schaffte ich nur eine halbe Umdrehung, aber schon bald gelang mir mehr. Ich sprang und drehte mich einmal um meine eigene Achse. Und es blieb nicht bei einmal. Irgendwann schaffte ich tatsächlich zwei Umdrehungen.

»Prima«, sagte Bruno lobend. »Ich habe noch keine Katze gesehen, die das konnte. Und jetzt versuchen wir die Sache mit dem Salto. Stell dir einfach vor, du willst in der Luft einen Purzelbaum schlagen.«

Ich versuchte es. Ich sprang hoch in die Luft und schlug einen Purzelbaum. Doch was ich auf dem Boden so gut beherrschte, gelang mir in der Luft nicht. Einmal landete ich unsanft auf dem Rücken und ein paar Mal auf der Seite. Und so blieb es leider auch. Ich schaffte keinen Salto, nicht einen einzigen, geschweige denn die zwei, von denen ich insgeheim geträumt hatte.

Auch Bruno war, glaube ich, enttäuscht, weil ich mich so ungeschickt anstellte. Doch um mich zu ermutigen, schlug er vor, ich sollte die Drehung um die eigene Achse perfektionieren. Auch damit könnte ich dic anderen beeindrucken, sagte er; soweit er wisse, habe das noch keine Katze bei den Treffen vorgeführt.

Also übten wir wieder die Umdrehungen. Als ich es regelmäßig schaffte, mich in der Luft dreimal um meine eigene Achse zu drehen, sagte Bruno: »Beim nächsten Treffen kannst du dein Kunststück vorführen. Aber bis dahin musst du es jeden Tag ein paar Mal trainieren, damit du es sicher beherrschst und dich nicht blamierst.«

Ich tat, wie er gesagt hatte. Ich trainierte lange und gern, denn beim Üben brauchte ich nicht an Emma zu denken. Es lenkte mich ab. Fast so gut wie Gespräche mit Bruno oder Flecki. Gespannt wartete ich darauf, mein Kunststück vor Publikum vorzuführen. Und als es endlich so weit war und das nächste Treffen anstand, war ich so aufgeregt, dass ich Angst hatte, vor lauter Aufregung zu versagen.

Flecki, die wir natürlich eingeweiht hatten, begleitete mich und Bruno zu dem Treffen. Zum ersten Mal seit dem Motorradunfall nahm er daran teil. »Nur dir zuliebe, Kitty«, sagte er. »Ich will unbedingt sehen, was die anderen für Augen machen.«

Schon seine Ankunft war ein voller Erfolg. Alle begrüßten ihn überschwänglich. So viel freundliches Geschnurre auf einmal hatte ich noch nie gehört. Bruno reagierte so verlegen, wie ich es mir nicht hätte vorstellen können. Er senkte den Kopf und strich mit dem Schwanz über das Gras, wenn ihn jemand freundschaftlich anstupste. Ich glaube, seine Anwesenheit gab mir die Sicherheit, die ich brauchte.

Als sich alle wieder beruhigt hatten, forderte Bruno mich auf, zu zeigen, was ich gelernt hatte. Ich nahm meinen ganzen Mut zusammen, spannte die Muskeln und sprang. In der Luft drehte ich mich einmal, zweimal, dreimal um die eigene Achse und legte die eleganteste Landung hin, die mir bisher gelungen war.

»Bravo!«, riefen die Nachtkatzen. »Toll!«

Mir wurde ganz heiß bei so viel Anerkennung und Bewunderung, die mir von allen Seiten entgegengebracht wurden, sodass ich mein Kunststück mehrmals wiederholte. Sogar Rambo sagte neidisch, so etwas hätte er noch nie gesehen.

»Du warst großartig, Schätzchen«, sagte Flecki und rieb ihre Schulter an meiner. Und Bruno reckte zufrieden den Kopf und sah sehr stolz aus.

Ich war glücklich. Nur ganz tief in meinem Inneren spürte ich die Enttäuschung, dass ich es Emma nicht erzählen konnte. Sie hätte mich bestimmt gelobt und mir mindestens drei Extras gegeben.

Es war ein besonders schönes nächtliches Treffen, bei dem der Kaminsims, auf dem Bruno und ich immer gesessen hatten, leer blieb. »Zum ersten Mal seit drei Jahren«, sagte Bruno leise in mein Ohr, »zum ersten Mal seit meinem Unfall.« Er saß auf einer Steinplatte und schaute zu. Springen konnte er nicht, aber er blieb nicht der Einzige, der sich mit Zuschauen begnügen musste. Castro, der alte Silbergraue mit dem abgerissenen linken Ohr, setzte sich zu ihm und bald auch eine nicht mehr ganz junge Streunerin, die aus irgendeinem Grund Brombeere genannt wurde. Sie keuchte vor Erschöpfung. Die drei unterhielten sich offenbar gut miteinander. Auch Flecki machte bald eine Pause und gesellte sich zu ihnen.

Als die weiße Katze ihren Salto vorgeführt hatte, riefen alle: »Wunderbar. Und jetzt du, Kitty, spring noch mal!«

Ich war nicht mehr nur die kleine Rotgetigerte. Ich war Kitty mit der dreifachen Umdrehung.

In dieser Nacht nach meinem großen Erfolg, blieb Bruno bei mir auf den Säcken. Und ich war so zufrieden, dass ich, glaube ich, noch nicht mal an Kassandra dachte, geschweige denn, dass ich versucht hätte, sie herbeizurufen.

21

Fuchs, du hast
die Katz gestohlen,
gib sie wieder her …

Flecki

In den zwei, drei Wochen danach geschah nicht viel. Ich meine nicht viel, was zu erzählen sich lohnte. Außer dass in Emmas Haus fremde Leute mit zwei kleinen Kindern eingezogen waren und ich ab da einen weiten Umweg um das Eckhaus mit den Stockrosen am Zaun machte, um nicht immer wieder sehen zu müssen, dass das, was unser Heim gewesen war, jetzt zum Heim anderer Leute geworden war. Beim ersten Mal, als ich das sah, war es schlimm genug gewesen. Der Anblick hatte mir gereicht.

Aber sonst geschah nichts Besonderes. Ich fing jeden Tag Mäuse und verdöste einige Stunden. Ich übte manchmal die dreifache Umdrehung und träumte schon von einer vierfachen. Ich traf Bruno oder Flecki oder beide. (Und mit den vielen Malen, da ich »Emma« und »Pflegeheim« und »nie wieder« gedacht habe, hätte ich ein zweibändiges Nachschlagewerk füllen können. Doch das behielt ich für mich.)

Der Sommer verlor langsam an Kraft. Die Nächte verbrachte ich in der alten Bäckerei, auf den Säcken, die noch immer nach Mehl rochen, und die Tage vergingen im ewig gleichen Trott: Mäuse fangen, dösen, herumlungern, Bruno oder Flecki treffen oder beide, herumlungern, Mäuse fangen, dösen, ein paar Worte mit Bruno oder Flecki wechseln, herumlungern und so weiter und so weiter.

Und dann geschah etwas, was besser nicht geschehen wäre.

Wir, Bruno, Flecki und ich, liefen langsam über das bereits abgeerntete Getreidefeld hinter der alten Bäckerei auf der Suche nach Mauselöchern, da spürte ich plötzlich Krallen im Rücken und einen stechenden Schmerz in der rechten Flanke. Und dann wurde alles schwarz um mich herum und ich fiel in ein Loch, ich fiel und fiel, das Fallen wollte gar nicht mehr aufhören, bis ich in den Pfoten einer Katze landete, die mich mit ausgestreckten Armen auffing, so wie kleine Kinder einen Ball auffangen.

Als ich aus der Ohnmacht erwachte, lag ich im Schuppen der alten Bäckerei, auf meinen Säcken, und alles tat mir weh, so schrecklich weh, dass ich kaum atmen konnte. Nur undeutlich nahm ich wahr, dass Bruno und Flecki neben mir saßen. Bruno sagte etwas, was ich nicht verstand, und Flecki stöhnte so laut, dass es mir in den Ohren dröhnte, und als ich dachte, warum stöhnt sie denn so, merkte ich, dass ich es war, die stöhnte, und ließ mich wieder in das schwarze Loch fallen, dankbar dafür, dass die Schwärze den Schmerz aufsaugte. Und als die Katze unten im Loch die Arme ausstreckte, um mich aufzufangen, sah ich, dass sie rot getigert war, genau wie ich, und da erkannte ich sie. »Kassandra, du bist es«, sagte ich, und sie drückte mich an sich und sagte: »Natürlich bin ich es, wer denn sonst?«

Dann stieg ich wieder auf, nur um den Schmerz zu spüren und erneut zu versinken.

Ich weiß nicht, wie oft das geschah. Oben waren Bruno und Flecki und leckten meine Wunden, um sie sauber zu halten, Bruno die Kratzer am Rücken, Flecki die Bisswunde an meiner rechten Flanke. Und wenn ich versank, schluckte die Schwärze den Schmerz und Kassandra empfing mich mit offenen Armen.

Irgendwann war ich wach genug, dass ich fragen konnte, was eigentlich passiert war.

Was sie antworteten, meine beiden Beschützer, bekam ich nur stückchenweise mit, satzfetzenweise sozusagen, ich habe es mir später zusammengereimt. Es war ein Fuchs, der mich angegriffen hatte. Er war aus dem nahen Wald gekommen und hatte mich wohl für eine leichte Beute gehalten, weil ich nicht besonders groß bin. (Ehrlich gesagt, ich bin ziemlich klein für eine ausgewachsene Katze, merklich kleiner als Bruno und Flecki. Deswegen werde ich manchmal auch ein bisschen von oben herab behandelt.)

»Von wegen leichte Beute«, sagte Bruno, »da hat er nicht mit Flecki gerechnet. Sie hat sich auf ihn gestürzt und so laut gefaucht und gekreischt, dass er dich vor Schreck fallen gelassen hat.« Er schüttelte bewundernd den Kopf. »Flecki war wirklich unglaublich, sie ist über sich hinausgewachsen und war am Ende dreimal so groß und dreimal so furchteinflößend. Und als sie ihm noch die Nase zerkratzt hat, ist dem Fuchs nichts anderes übrig geblieben, als den Schwanz einzuziehen und sich aus dem Staub zu machen. Danach haben wir einen Sack geholt, dich daraufgerollt und ihn mit unseren Zähnen hierhergezogen.«

»Bruno übertreibt, Schätzchen«, sagte Flecki. »Der Fuchs war nicht besonders schlau, denke ich. Sonst hätte er es sich nicht gefallen lassen.«

Meine wunderbare, tapfere Flecki, dachte ich und machte die Augen wieder zu.

Bruno und Flecki schleppten Mäuse an, aber ich hatte keinen Hunger, nur entsetzlichen Durst, denn ich hatte inzwischen angefangen zu fiebern. Mir war so heiß, dass ich das Gefühl hatte, zu verbrennen, und Bruno und Flecki wurden zu Schatten vor den Flammen, die nach mir griffen. Die Hitze schlug über mir zusammen wie damals im Teich das Wasser, das Herz klopfte mir bis in die Schläfen und meine Beine hörten nicht auf zu zucken. Meine Haut wurde mir zu eng und spannte so sehr, dass sie zu zerplatzen drohte. »Ganz ruhig, Kitty«, sagte Kassandra und leckte mir die Stirn, »mach dir keine Sorgen, es wird alles wieder gut.«

Doch als ich die Augen aufmachte, war es Flecki, meine

Als-ob-ältere-Schwester, die mir die Stirn leckte. Dann wieder war es Kassandra, die mich auf ihrem weichen Schoß wiegte und mich streichelte, wie Emma mich gewiegt und gestreichelt hatte, und mich mit blaugrauen Augen, Emmas Augen, zärtlich anschaute. Sie drückte mich an sich und löschte die Flammen, die mich verbrennen wollten. Oder es war Flecki, die mir die Wunde leckte und sagte: »Mach dir keine Sorgen, Schätzchen, es wird alles wieder gut.«

Langsam kam ich zu mir, doch nun wurde mein Durst unerträglich. Und wieder war es Flecki, die auf die rettende Idee kam. Bruno erzählte mir später, wie sie wieder und wieder gegen eine Wäscheleine gesprungen war, bis es ihr gelang, ein Handtuch abzureißen. Mit Brunos Hilfe zog sie es zum Teich im Park, überwand ihre angeborene Scheu vor dem Wasser, machte es triefend nass und zerrte es, wieder unterstützt von Bruno, zur alten Bäckerei. Dort legte sie es über meinen Kopf. Die Nässe kühlte meine heiße Stirn, und die Wassertropfen, die mir in den Mund rannen, stillten meinen Durst.

Diese Aktion wiederholten Flecki und Bruno in den folgenden Tagen immer wieder, bis es mir endlich besser ging und mir auch die Mäuse wieder schmeckten.

Irgendwann hatte ich mich so weit erholt, dass mir alles nur noch wie ein böser Traum vorkam. Die große Narbe auf meiner rechten Seite, hinter der Schulter, wird mich allerdings mein Leben lang daran erinnern, dass ich das Ganze nicht nur geträumt hatte.

»Ein richtiger Webfehler«, sagte Bruno. »Er macht dich nur noch schöner.«

Das war, wie wir beide wussten, gelogen oder zumindest geschmeichelt. Aber lieb gemeint.

Übrigens, seit damals spreche ich jeden Abend vor dem Einschlafen mit Kassandra. Das heißt, ich spreche und sie hört zu. Ich erzähle ihr alles, was ich tagsüber erlebt und gedacht habe, und manchmal sagt sie mit Fleckis Stimme: »Mach dir keine Sorgen, Kitty, es wird alles wieder gut.«

Das ist nicht besonders viel, aber sehr, sehr tröstlich.

22

Etwas von dem
abzugeben, was man hat,
ist das mindeste,
was man tun kann.
Emma

Fips war der Erste, der mit der Neuigkeit ankam. Er war wieder einmal im Tierheim gelandet und hatte gehört, dass fremde Katzen in der Stadt aufgetaucht waren, Heimatlose, Schutzsuchende. Aus einem gar nicht so fernen Land, in dem ein Bürgerkrieg ausgebrochen war. Er erzählte es uns, als wir, Flecki, Bruno und ich, im Park auf der Wiese lagen und uns von der Sonne bescheinen ließen.

»Was ist das, ein Bürgerkrieg?«, fragte Lilli, eine kleine, weiße Katze, die sich in der letzten Zeit öfter zu uns gesellte, ohne dass wir sie dazu ermutigt hätten. Sie war einfach da. Und weil sie sich still und unaufdringlich verhielt, ließen wir sie gewähren.

Ich konnte ihr die Sache mit dem Krieg erklären, weil mir ein Gespräch einfiel, das ich einmal mit Emma geführt hatte. (Ich erinnerte mich immer wieder an Gespräche mit Emma, dazu brauchte es keine großartigen Anlässe.) Damals hatte sie eine Banküberweisung ausgefüllt, und als ich sie fragte, was sie da schreibe, hatte sie geantwortet, sie spende Geld. »Warum tust du das?«, hatte ich sie gefragt.

Und sie hatte gesagt: »Das Geld ist für Menschen bestimmt, die aus ihrem Heimatland geflohen sind, weil dort Bürgerkrieg herrscht.«

»Warum?«, fragte ich.

»Weil bestimmte Gruppen nicht mehr mit anderen Gruppen zusammenleben wollen. Weil sie sich hassen. Ist erst einmal Krieg, weiß den Grund keiner mehr genau. Die Menschen gehen aufeinander los, sie schießen und werfen Bomben und viele Unschuldige sterben.«

»Auch Katzen?«, fragte ich erschrocken.

»Bestimmt auch Katzen und Hunde und Pferde und Vögel, einfach die Tiere, die bei den Menschen leben. Bomben treffen unterschiedslos alle, egal ob Mensch oder Tier.«

»Das ist gemein.«

»Ja, gemein, grausam und hinterhältig«, sagte Emma. »Ich darf gar nicht daran denken, wie viele Kinder Tag für Tag umkommen, und dabei haben sie noch gar kein Leben gehabt. Kein Wunder, dass die Menschen mit ihren Kindern aus diesem Land fliehen und bei uns Schutz und Hilfe suchen.«

»Deshalb spendest du also Geld«, sagte ich. »Hast du denn so viel?«

Emma schüttelte den Kopf. »Nein, aber bestimmt mehr als diese armen Menschen, die alles, was sie hatten, zurücklassen mussten, um ihr nacktes Leben zu retten. Etwas von dem abzugeben, was man hat, ist das Mindeste, was man tun kann.« Und während ich noch darüber nachdachte, was ich denn abgeben könnte, hatte sie hinzugefügt: »Wenn jeder das täte, wäre die Welt ein bisschen besser. Das nennt man Solidarität, Kitty. Merk dir dieses Wort! Es ist heutzutage aus der Mode gekommen, aber es hat dadurch nichts an Wahrheit und Bedeutung verloren.«

Dann hatte sie die Überweisung fertig ausgefüllt und war zur Post gegangen, um sie abzugeben.

»Aus diesem Land, in dem die Menschen aus unverständlichen Gründen aufeinander losgehen, müssen die fremden Katzen geflohen sein«, erklärte ich Lilli nun. »Sie haben Angst, zwischen die Fronten zu geraten und zu sterben.«

Lilli schüttelte sich. »Wie furchtbar.«

»Ja«, sagte ich, »eine Katastrophe.«

Und Bruno sagte: »Katastrophen gab es schon immer. Soll ich euch eine Geschichte erzählen, die Geschichte der ersten Katastrophe, die wir Katzen überlebt haben? Und mit uns alle Tiere der Welt?«

»Ja«, sagten Flecki und ich, und die kleine Lilli kuschelte sich an Bruno und bettelte: »Ja, Bruno, eine Geschichte.«

Auf einmal war der Krieg weit weg. Die Sonne schien, auf den nahen Dächern gurrten Tauben, wir lagen im Gras und um uns herum summten Bienen und flogen Schmetterlinge. Ein Schmetterling setzte sich auf Lillis Kopf, sodass es aussah, als hätte sie eine Blume im Haar.

23

Sturm und Wind
und Dauerregen
bringt für Katzen
keinen Segen.
Bruno

Bruno fuhr sich mit der Pfote über die Stirn und sagte: »Es gab seit jeher Katzen, die sich retten mussten oder andere brauchten, um gerettet zu werden, und wir, die wir heute leben, sind der Beweis dafür, dass es ihnen stets gelungen ist. Schließlich sind wir Katzen nicht ausgestorben. Habt ihr schon von Noah und dem großen Schiff gehört? Nein? Gut dann werde ich euch die Geschichte erzählen.«

Bruno räusperte sich und fing an:

»Einmal stand eine schlimme Überschwemmung bevor, der alle Menschen und Tiere zum Opfer fallen würden. Noah, ein vorsorglicher Menschenmann, hatte davon gehört, oder er hatte es auch nur geträumt, weil er eine prophetische Begabung besaß, jedenfalls machte er sich daran, ein großes Schiff zu bauen, auf dem er und seine Familie die angekündigte Überschwemmung überleben sollten.

Doch es gab ein Problem: Noahs Frau, von der ich den Namen vergessen habe, besaß zwei Katzen, eine Kätzin und einen Kater, die sie sehr liebte. So sehr, dass sie sich weigerte, das Schiff ohne ihre Katzen zu betreten.

›Wozu brauchen wir denn Katzen?‹, sagte ihr Mann. ›Wir müssen froh sein, wenn es uns gelingt, unser eigenes Leben und das unserer Kinder zu retten.‹

›Nein‹, sagte seine Frau entschieden. ›Mit meinen Katzen oder gar nicht. Du musst eines wissen, Noah: Ein Leben ohne Katzen ist möglich, aber sinnlos. Du hast also die Wahl, Noah: Entweder ich zusammen mit meinen Katzen oder wir bleiben alle drei hier.‹

›Na gut, von mir aus‹, sagte Noah, der seinerseits nicht ohne seine Frau leben wollte, und machte sich daran, einen Verschlag für die beiden Katzen zu bauen.

Das sahen zwei Hunde, ein Rüde und eine Hündin, und sagten: ›Noah, wenn du schon die Katzen rettest, solltest du uns ebenfalls retten. Wir sind brauchbare Wächter und Hüter deiner Herden.‹

›Na gut, von mir aus‹, sagte Noah nachgiebig und baute auch einen Verschlag für die beiden Hunde.

Doch kaum war er damit fertig, erschienen zwei Pferde,

ein Hengst und eine Stute, und verlangten, ebenfalls gerettet zu werden. ›Du wirst uns hinterher brauchen, wir werden dir als Reittiere dienen und deine Kutsche ziehen‹, sagten sie und wieherten laut und fordernd.

Noah sah das ein und baute einen Verschlag für die Pferde.

Noch während er daran arbeitete, tauchten zwei Rinder auf, ein Stier und eine Kuh. ›Wie willst du hinterher ohne uns leben?‹, fragten sie. ›Woher willst du Milch für deine Kinder bekommen? Und Butter und Käse für dein Frühstück? Du musst uns mitnehmen.‹

Etwas Ähnliches brachten die Ziegen vor, und die Hühner sprachen von den Eiern, die sie für die Menschen legen konnten, ebenso die Gänse und die Enten.

Das wiederum veranlasste die vielen anderen Vogelarten dazu, auf Gerechtigkeit zu pochen. ›Warum die und wir nicht?‹

Und Noah, gutmütig, wie er war, ließ sich überreden und baute einen Verschlag nach dem anderen, ein Behältnis nach dem anderen.

Paarweise kamen nun die Tiere von Wald und Feld, Rehe, Hirsche, Wildschweine, Hasen, Igel, Marder, Iltisse, Mäuse und Ratten und was sonst noch so herumlief, und baten darum, ebenfalls gerettet zu werden.

Der arme Noah kam aus dem Bauen nicht heraus. Er baute Verschläge für die größeren Tiere und alle möglichen Kisten und Kästen für die kleineren. Natürlich mit Luftlöchern, denn er war ein fürsorglicher Mann.

Als dann aber auch die großen Raubtiere erschienen,

Löwen, Tiger, Leoparden und so weiter, wehrte er sich. ›Euch kann ich nicht mitnehmen‹, sagte er. ›Ihr seid zu groß und zu wild.‹

›Dafür können wir nichts‹, sagten die Raubtiere. ›So sind wir geboren worden. Haben wir deshalb etwa kein Recht darauf, zu leben?‹

Noah gab nach. ›Aber nur, wenn ihr schwört, die anderen Tiere in Ruhe zu lassen. Auf meinem Schiff darf kein Tier ein anderes fressen.‹

Die Raubtiere versprachen es mit feierlich erhobenen Pfoten. ›Hungern und gerettet zu werden, ist allemal besser, als satt zu ertrinken‹, sagten sie.

So kam es, dass Noah einen Verschlag nach dem anderen baute, eine Kiste nach der anderen, ein Behältnis nach dem anderen und das Schiff immer größer wurde. Als dann auch noch zwei Elefanten erschienen, geriet Noah fast an seine Grenzen. Aber er schaffte es, er schob verschiedene Verschläge und Behältnisse enger zusammen und stellte einige aufeinander, bis es ihm gelang, auch Platz für diese riesigen Tiere zu schaffen.

Und als Noah dachte, er hätte nun alle Tiere aufgenommen, kamen die Insekten und verlangten, ebenfalls gerettet zu werden. ›Alle Geschöpfe haben ein Recht auf Leben‹, argumentierten sie, ›auch die kleinen und unscheinbaren.‹ Noah sah das ein, und weil er ein gutmütiger und mitleidiger Mensch war, baute er Holzkistchen mit Luftlöchern in den Deckeln für Ameisen und Würmer, für Maikäfer und Mücken, für Bienen, für Fliegen und Schmetterlinge, für Libellen und all das andere kriechende und fliegende Getier, das es sonst noch gab. Sogar Kartoffelkäfer nahm er auf, Schlangen, Moskitos und Flöhe, denn auch sie hatten ein Recht auf Leben. Nachdem er sich darauf eingelassen hatte, lehnte er natürlich auch Frösche und Kröten nicht ab.

Und dann war er endlich so weit, dass er für jede Tierart auf der Welt einen Verschlag oder ein Behältnis gebaut hatte und alle Verschläge und Behältnisse gefüllt waren. Die prophezeite Überschwemmung konnte kommen.

Und sie kam.

Die Fluten stiegen höher und höher, und das große Schiff mit seiner quirligen Ladung schwamm sicher auf dem Wasser. Die Luft war so erfüllt von Fiepen, Quietschen, Girren, Zirpen und Schnattern, von Bellen, Brüllen, Schreien, Blöken, Muhen, Wiehern und Meckern, von Knurren, Schnurren und Gurren, von Jaulen, Schnalzen, Bähen, Zischen, Pfeifen und Tirilieren, von Summen und Brummen, von Schnattern, Quaken und Tschilpen, es war ein solcher Lärm, dass Noah und seine Frau sich oft genug die Ohren zuhalten mussten, um nicht taub zu werden.

Nach vielen Tagen sanken die Fluten, Tag für Tag ein bisschen mehr, bis sich das Wasser schließlich verzogen hatte und das Schiff auf Grund lief. Noah, vorsichtig, wie er war, wartete zur Sicherheit noch ein paar Tage, dann öffnete er einen Verschlag nach dem anderen, ein Behältnis nach dem anderen, ein Kistchen nach dem anderen und ließ die Tiere wieder frei.

Seine Frau verließ das Schiff noch vor ihm, in jedem Arm eine ihrer geliebten Katzen.«

Bruno schaute uns an, hob eine Pfote und wischte einen

allumfassenden Kreis durch die Luft. »Vergesst das nie: Es war das Verdienst von zwei Katzen, die das Herz einer Menschenfrau erobert hatten, dass von jeder Tierart auf der Welt ein Paar gerettet wurde. Merkt es euch: Nur uns ist es zu verdanken, dass die anderen Tiere nicht ausgestorben sind. Auch die Mäuse nicht.«

Bruno schwieg.

Eine Weile war es ganz still, alle hingen ihren Gedanken nach. »Was für eine erstaunliche Geschichte«, sagte Flecki endlich, und die kleine Lilli hob den Kopf, blickte Bruno bewundernd an und schnurrte leise.

Ich aber war sehr stolz auf ihn, auf meinen klugen, weisen Bruno und seine Fähigkeit, Geschichten zu erzählen.

Abends im Bett erzählte ich Kassandra die Geschichte. Einerseits um mir eine Freude zu machen, andererseits um die Geschichte von Noah und dem großen Schiff nicht zu vergessen. Es gibt Geschichten, die man nie vergessen sollte.

24

Hunger tut weh,
vom Kopf bis zum Zeh.
von mir

Der Sommer ging allmählich in den Frühherbst über, als die ersten Schutzsuchenden auch in unsere Stadt kamen, Katzen, die aus ihrer Heimat geflohen waren, hieß es, weil sie von Ungeheuern verfolgt worden waren. Von was für Ungeheuern? Das war Geschwätz, in Wirklichkeit war es ein Krieg, ein Bürgerkrieg. Das hatte Emma ja gesagt.

Erst kamen sie nur vereinzelt, mal tauchte da eine auf,

mal dort, und das störte niemanden. Doch dann wurden sie immer mehr. Ihre Ankunft führte zu heftigen Diskussionen und Streitereien.

Viele von uns fühlten sich bedroht. »Sie werden uns die fettesten Mäuse wegfressen«, sagten sie, »und dann kommt es noch so weit, dass wir nicht mehr satt werden. Wir wollen sie hier nicht haben. Sollen sie doch bleiben, wo der Pfeffer wächst.«

»Sie haben hier nichts verloren, die Stadt gehört uns!«, rief Micki, der in einem Haus neben dem Lebensmittelgeschäft wohnte und aus irgendwelchen Gründen ein besonders heftiger Gegner der Neuankömmlinge war. Dieser Angeber riss das Maul auf und sprach von der ganzen Stadt, dabei hatte er selbst noch keinen einzigen Schritt über die Schule am Rand der Siedlung hinausgesetzt und in der anderen Richtung war er nicht weiter als bis zur alten Bäckerei gekommen.

»Versetz dich doch mal in ihre Lage!«, widersprach Flecki, meine besonnene Als-ob-ältere-Schwester. »Wenn du keine Heimat und keinen sicheren Ort mehr hättest und um dein Leben fürchten würdest, würdest du bestimmt auch wollen, dass dich jemand aufnimmt und dir hilft.«

»Sie können doch nichts dafür, dass sie fliehen mussten«, sagte die kleine Lilli, die sonst eher bescheiden den Mund hielt, wenn andere sprachen. Ich staunte, dass sie plötzlich so mutig war, ihre Meinung laut zu sagen. Auch Bruno wunderte sich und legte ihr zustimmend eine Pfote auf den Rücken. Lilli senkte verlegen den Kopf.

»Sie werden uns nicht nur die Mäuse wegfressen, sondern uns auch unsere Menschen streitig machen mit ihrem Geschmeichel«, sagte Fips, der eine der Neuen bereits im Tierheim gesehen hatte und behauptete, diese hätte das Tierheimpersonal sofort um den Finger gewickelt und ständig Leckerlis bekommen.

Und ein Streuner, ein grobknochiger, schmutzig grauer Kerl, von dem ich nicht wusste, wie er hieß, er wurde von allen nur Graubart genannt, sagte: »Wir müssen sie vertreiben, sonst übernehmen sie die Herrschaft und wir haben nichts mehr zu sagen.«

»Ja, wir müssen sie vertreiben«, riefen ein paar andere und stellten sich zu Graubart, der seine neue Rolle sichtlich genoss und sich stolz umschaute.

»Erstens«, sagte Bruno, »sind sie Katzen, genau wie wir, und haben wie wir ein Recht darauf, zu leben. Und zweitens gibt es hier genug Mäuse und genug katzenfreundliche Menschen, dass es uns allen einigermaßen gut geht. Und wenn der Krieg in ihrer Heimat zu Ende ist, werden sie wieder dorthin zurückkehren, zumindest die meisten. So lange sollten wir sie freundlich aufnehmen.«

»Du hast gut reden«, sagte Brombeere. »Du hast ein Herrchen, das für dich sorgt. Ich möchte dich mal sehen, wenn du dich jeden Tag selbst um dein Futter kümmern müsstest. Du solltest lieber den Mund halten. Schließlich hat es sich längst rumgesprochen, wie gut es dir geht und wie viele Leckerlis du bekommst.«

»Brombeere hat recht«, sagte Fips, »du solltest wirklich lieber den Mund halten, du hast ein sicheres Zuhause. Aber was ist mit mir? Was ist, wenn meine Menschen mich nicht mehr aus dem Tierheim abholen, weil irgendeiner von den Neuen sich bei ihnen eingeschmeichelt hat?«

»Ja, was ist dann?«, rief ein schwarzer Kater.

Und ich dachte: Fips braucht sich doch bloß nicht so dumm anzustellen. Soll er halt aufpassen, wo er hingeht, und sich den Rückweg merken, das ist alles.

»Habt ihr denn gar kein Mitleid mit den Ärmsten?«, sagte jetzt Sonja, die freundliche Katze aus der Siedlung, die, wie alle behaupteten, seit ihrem Unfall mit dem Auto noch sanfter und freundlicher geworden war. »Bei uns braucht doch keiner Angst zu haben, er würde verhungern, wenn er mal auf die eine oder andere Maus verzichten muss.«

»Ach ja, und warum sollten wir verzichten?«, sagte Graubart. »Wir sind hier geboren, die Stadt gehört uns. Die Mäuse gehören uns. Sollen sie doch woanders hingehen.«

»Dort wird man sie auch nicht wollen«, sagte Mizzi, die Akrobatin, von der ich noch nicht wusste, auf wessen Seite sie sich geschlagen hatte.

Und plötzlich sprachen alle durcheinander, Gegner und Befürworter, sie fauchten, schnaubten, zischten, schrien und krächzten, sie schimpften und lamentierten, und bald herrschte ein solcher Lärm, dass man sein eigenes Wort nicht mehr verstand.

»Kommt!«, sagte Bruno zu Flecki und mir. »Solange sie sich nicht beruhigen, haben wir hier nichts verloren. Holen wir uns doch lieber ein paar Mäuschen.«

Wir machten uns auf den Weg. Als ich mich umdrehte, um noch einen Blick auf den streitenden Haufen zu werfen, sah ich, dass uns die kleine Lilli folgte.

Es war ein warmer Sonnentag, genau das richtige Wetter für eine gemütliche Jagd auf dem Stoppelfeld neben der alten Bäckerei, wo wir besonders gern jagten, weil es dort sehr viele Mäuse gab. Nachdem das Feld abgeerntet worden war, konnte man ihre Löcher spielend leicht entdecken. Und wunderbarerweise wurden sie, die Mäuse, nicht weniger.

Mäuse lieben Getreidefelder, das weiß jede Katze. Ich bin mir allerdings nicht sicher, ob Mäuse wissen, dass Katzen es wissen. Vielleicht merken sie es ja erst dann, wenn es für sie zu spät ist, sozusagen in ihrer letzten Sekunde. Das könnte gut sein, Mäuse sind nicht besonders helle. Biete ihnen ein paar Körner, und sie fangen an zu fressen und sich zu vermehren, ohne an mögliche Gefahren auch nur zu denken. Und wir Katzen haben dann ein leichtes Spiel.

Hinter den letzten Häusern der Siedlung sahen wir sie am Wegrand sitzen, zwei Fremde, eine rabenschwarze Kätzin und einen noch sehr jungen, schwarz-weißen Kater. Sie erschraken, als wir näher kamen, und senkten unterwürfig die Köpfe, liefen aber nicht weg.

Bruno blieb stehen. »Herzlich willkommen«, sagte er. »Habt ihr Hunger?«

Sie nickten heftig. Sie hatten großen Hunger.

»Kommt mit«, sagte Bruno. »Wir kennen ein Feld mit vielen Mäusen.«

Die beiden Katzen trotteten schweigend neben uns her, sie wussten offenbar nicht so recht, was sie von uns halten sollten.

»Gibt es bei euch Krieg?«, fragte ich. »Da, wo ihr herkommt, meine ich.«

»So etwas Ähnliches«, antwortete die rabenschwarze Katze. »Man nennt es Bürgerkrieg. Aber es mischen sich auch andere Länder ein, und am Schluss weiß niemand mehr, wer gegen wen kämpft, und alles wird immer schlimmer, sehr viel schlimmer. Und keiner ist mehr seines Lebens sicher. Die Bomben sind zwar für Menschen und ihre Häuser bestimmt, treffen uns Katzen aber genauso.«

Wenn das so ist, dachte ich, dann müssen wir ihnen etwas von dem abgeben, was wir haben, das würde Emma von uns erwarten. Was war das für ein Wort, das ich mir merken sollte? Ach ja, Solidarität.

Aus der Nähe betrachtet, sahen die Fremden doch etwas anders aus als wir. Natürlich hatten sie, genau wie wir, vier Pfoten und einen Schwanz, und Katzen mit schwarzem und geflecktem Fell gab es auch bei uns, aber die Köpfe der Fremden, zumindest dieser beiden, waren schmaler, die Nasen- und Mundpartien etwas vorgezogen. Außerdem hatten sie deutlich längere Beine. Ich war mir aber nicht sicher, ob das nur so aussah, weil sie richtig mager waren.

»Wie heißt ihr eigentlich?«, fragte Bruno.

»Ich heiße Anusch«, sagte die Rabenschwarze, »und das da«, sie deutete auf den jungen Kater, »ist Mirko.«

Auch ihre Namen waren fremd.

Ich konnte den Blick nicht von dem jungen Kater wenden. Er war ziemlich langhaarig und hatte ein auffallend schönes, weißes Gesicht mit hellgrünen Augen und auf der Stirn einen schwarzen Fleck, der in einer elegant geschwungenen Linie nach unten verlief, immer schmaler wurde und punktförmig über der ebenfalls schwarzen Nase endete. Überhaupt war seine Zeichnung erstaunlich symmetrisch, der schwarze Rücken ging in einen schwarzen Schwanz mit einer weißen Spitze über. Auf beiden weißen Flanken hatte er seitengleiche schwarze Flecken, die leicht gezackt waren und fast sternförmig aussahen. Und zu diesem Outfit, wie Emma es nennen würde, trug er schwarze Gamaschen über weißen Pfoten. Er war wirklich so hübsch, dass ich nicht aufhörte, ihn anzustarren. Erst als Bruno mir die Nase in die Seite stupste, wandte ich mich ab.

»Da sind wir«, sagt Bruno, als wir den Stoppelacker erreichten. »Hier auf dem Feld werdet ihr bestimmt die eine oder andere Maus fangen.«

Wir, Bruno, Flecki und ich und die kleine Lilli, die sich uns inzwischen angeschlossen hatte, verstreuten uns auf dem Acker, auf der Suche nach Mauselöchern, von denen es hier viele gab. Die beiden Fremden taten es uns zögernd nach. Sie wirkten noch immer unsicher und verängstigt.

Als ich meine Wahl getroffen hatte, schaute ich mich noch einmal um. Die Fremden kauerten in Lauerstellung vor den Mauselöchern, die sie sich ausgesucht hatten. Genau wie wir auch kauerten. Wenn man nur ihren Rücken und den nach hinten gestreckten Schwanz sah, waren sie von uns nicht zu unterscheiden.

Sie waren Katzen wie wir.

25

Katzen gibt's,
wo Mäuse leben,
es gab sie,
und es wird sie geben.
Bruno

Später saßen wir satt und zufrieden beieinander und putzten uns, wie es bei uns Katzen üblich ist: Pfote mit der Zunge befeuchten und über das Gesicht fahren, und wieder Pfote mit der Zunge befeuchten und über das Gesicht fahren, und das so oft, bis man wieder ganz sauber ist. »Katzenwäsche« hatte Emma das genannt. Und weil wir schon einmal dabei waren, putzten wir uns weiter und leckten unser Fell, bis es glänzte. Ich schielte immer wieder zu den beiden Fremden hinüber. Sie leckten ihre Pfoten wie wir, sie leckten sich das Fell wie wir, sie waren in allem, was sie taten und wie sie es taten, nicht von uns zu unterscheiden.

»Sind eigentlich alle Katzen auf der Welt gleich?«, fragte ich erstaunt.

»Alle«, sagte Bruno, »und dafür gibt es einen Grund. Soll ich euch die Geschichte erzählen?«

Ich nickte. »Ja.«

»Ja, bitte, bitte«, bat Lilli schmeichelnd.

»Deine Geschichten sind wunderbar«, sagte Flecki.

Sogar Anusch und Mirko, die beiden Fremden, richteten sich auf, aber sie sagten nichts. Sie saßen ganz ruhig da. Nur ihre hin und her zuckenden Schwanzspitzen verrieten ihre Neugier.

Bruno strich sich über die Stirn, wie immer, wenn er zu einer längeren Rede ansetzte, und dehnte die Schultern. Groß und beeindruckend saß er da und senkte die Lider, ein Zeichen dafür, dass er konzentriert nachdachte.

Lilli rollte sich zu seinen Füßen zusammen, Flecki schüttelte den Kopf, sagte aber nichts und streckte sich zwischen Lilli und Bruno aus. Dabei schob sie, wie unabsichtlich, Lilli ein wenig zur Seite. Nur die beiden Fremden wahrten einen gewissen Abstand von uns.

Ich blieb sitzen, wo ich war, Bruno gegenüber. Er öffnete die Augen und schaute mich an. Seine Schnurrhaare zitterten und mir lief ein Schauer über den Rücken.

»Früher gab es nicht überall auf der Welt Katzen«, fing er an, »sondern nur in einem fernen Land, das warm und fruchtbar war und reich an Mäusen. Dort gehörten die Katzen zu den vornehmsten Tieren, sie wurden verehrt wie

Götter und führten ein Leben in Saus und Braus. Sie kannten keine Angst und keine Sorgen, sie verschliefen die meisten Stunden des Tages, und wenn sie wach waren, fingen sie sich zum Spaß ein paar Mäuse und ernährten sich ansonsten von den Opfern, die ihnen von den Menschen dargebracht wurden.

Doch dann, aus heiterem Himmel, wurde das Land von einer Katastrophe getroffen, einer wahrhaft lebensbedrohlichen Katastrophe. Über Nacht überfielen Heuschreckenschwärme das Land, in dem die Katzen schon seit vielen Generationen glücklich gelebt hatten. Es waren nicht hundert oder tausend Heuschrecken, nein, es waren Hunderttausende, Millionen. Niemand wusste, woher sie gekommen waren, sie waren plötzlich da.

Und sie waren unersättlich. Sie fielen über alles her, was grün war. Sie fraßen die Blätter von den Bäumen, sie fraßen Gräser und Blumen, sie fraßen das Gemüse in den Gärten und das Obst, egal ob es schon reif war oder nicht. Und sie fraßen das Getreide auf den Feldern, das Korn, den Weizen, die Gerste und den Hafer. Sie fraßen jeden Spross, der aus der Erde kam, alles, was grün war, bis nur noch Steine und die nackte, braune Erde zu sehen waren.

Bald litten alle Bewohner des Landes Hunger, die Menschen und die Tiere. Die Katzen konnten sich noch eine Weile von den Mäusen ernähren, doch auch das fand bald ein Ende.

Es kam zu einem großen Mäusesterben. Eine Maus nach der anderen fiel der Hungersnot zum Opfer, bis es im ganzen Land keine einzige Maus mehr gab. Nun ergriff der Hunger auch die Katzen, die ihr Hauptnahrungsmittel verloren hatten. Denn auch die Menschen hörten auf, ihnen Opfergaben darzubringen, sie hatten selbst nicht mehr genug zu essen, weil auch ihre Nahrungsquellen starben, die Hühner, Ziegen, Schafe und Kühe, die Hasen, Rehe und all die anderen Tiere, die zu jagen sie gewohnt waren. Und die Gänse, die Fasanen und die Tauben, die sie hätten fangen können, waren längst davongeflogen.

Die Katzen hielten Rat und beschlossen, auszuwandern, um ihr Leben zu retten, sie wollten sich eine neue Heimat suchen, um dem entsetzlichen Hunger zu entfliehen. Ihre Kinder sollten es einmal besser haben, sagten sie.

Sie teilten sich auf. Das erste Viertel zog nach Osten, das zweite nach Süden, das dritte nach Westen und das vierte nach Norden.

Dort, wo sie hinkamen, wo die einheimischen Bewohner sie aufnahmen und wo sie Nahrung fanden, ließen sie sich nieder und vermehrten sich, sodass es heute auf der ganzen Welt Katzen gibt. Und weil sie alle von den Katzen in dem fernen Land abstammen, sind sie auch alle gleich.«

Bruno schwieg.

»Eine schöne Geschichte«, sagte Flecki. »Aber ist sie auch wahr?«

Bruno fuhr sich mit der Pfote über das Gesicht und sagte: »Das ist doch egal, sie könnte jedenfalls wahr sein.« Er schaute mich an und nickte.

»Ich glaube, sie ist wahr«, sagte Anusch. »Wir kennen sie nämlich auch. Unsere Ältesten haben sie uns erzählt, als sie uns davon überzeugen wollten, aus unserer Heimat zu fliehen. ›Hier sind wir verloren‹, sagten sie. ›Und etwas Besseres als den Tod finden wir überall.‹« Anusch senkte den Kopf. Als sie ihn wieder hob, meinte ich fast, Tränen in ihren Augen zu sehen, aber das bildete ich mir bestimmt nur ein, wir Katzen können nicht weinen. »Das haben sie gesagt, unsere Ältesten«, fuhr Anusch fort, »und dann waren sie unter den Ersten, die den Tod fanden, sie haben die Strapazen der Flucht nicht ausgehalten.«

Mirko hob den Kopf. Zum ersten Mal hörten wir ihn sprechen. »Ja«, sagte er, »es waren viele, die ein neues Leben suchten und den Tod fanden. Und jetzt sind wir hier, wo man uns nicht haben will.«

Meine Güte, dachte ich, was hat er doch für eine schöne Stimme. Ein wunderbarer Tenor, würde Emma sagen, die sich manchmal im Radio Opernaufführungen angehört hatte.

»Habt ein bisschen Geduld«, sagte Bruno. »Sie werden sich an euch gewöhnen. So ist es immer, Veränderungen beunruhigen und machen Angst. Vor allem den Furchtsamen, den weniger Geschickten, um nicht zu sagen, den Dummen machen sie am meisten Angst. Und vor lauter Angst werden sie böse und aggressiv. Aber irgendwann kapieren sie dann doch, dass wir alle Katzen sind, die Einheimischen und die Dazugekommenen. Sie werden euch vielleicht nicht lieben, aber akzeptieren. Und sie werden verstehen, dass in unserem Land die Mäuse für alle reichen. Keiner muss hier verhungern.«

»Meinst du das wirklich?«, fragte Anusch.

»Ja«, sagte Bruno, »das meine ich. Es wird halt eine Weile

dauern, so lange müsst ihr durchhalten. Und bei vielen von uns seid ihr ja jetzt schon willkommen.«

»Ich würde dir gern glauben«, sagte Anusch, und Mirko nickte zustimmend.

»Und was ist, wenn sie uns angreifen?«, fragte er.

»Ich glaube nicht, dass sie das tun werden«, antwortete Bruno. »Aber wenn sie sich das trauen, werden wir euch helfen.«

Flecki und ich nickten zustimmend. Sogar Lilli nickte, obwohl das ein bisschen lächerlich war. Wem könnte sie schon helfen, klein, wie sie war?

Wir schwiegen. Jeder hing seinen Gedanken nach.

Wirklich seltsam, dachte ich, wie sich die Geschöpfe bei allen Unterschieden doch gleichen. Es gibt sanfte, liebe Katzen, aber auch wilde und sogar boshafte. Bei Hunden ist es nicht viel anders, manche sind aggressiv und bissig, andere eher freundlich und verspielt. Es gibt Hunde, die jede Katze jagen, wenn sie irgendwo eine sehen. Dann bringt man sich besser in Sicherheit, auf einem Baum, hinter einem Zaun. Das habe ich kapiert, dass gute und schlechte Eigenschaften bei den verschiedenen Geschöpfen gleich verteilt sind, sogar bei Menschen, auch die können gut oder böse sein, liebenswürdig oder verabscheuenswert, Katzenfreunde oder Katzenfeinde. Da brauche ich bloß an Emma und Frau Sedlmeyer zu denken.

Es gibt nur etwas, was mir nicht klar war und mir bis heute nicht klar ist: Entscheidet sich ein Geschöpf zur Güte? Ich meine, steht es ihm frei, zu sagen: Ich will zu den Guten gehören? Oder kann ein Böser nichts anderes tun, als böse zu sein, und sollte deshalb von uns eher nachsichtig und sogar liebevoll behandelt werden, damit er am eigenen Leib erfährt, dass er ein besseres Leben haben könnte, wenn er es nur wollte? Schließlich ist es allemal angenehmer, geliebt zu werden als gefürchtet.

Ich machte den Mund auf, um Bruno, unserem Philosophen, diese Frage zu stellen, doch er stand schon auf und sagte, er müsse jetzt unbedingt nach Hause gehen.

Ich schaute ihm enttäuscht hinterher. Ich hatte gehofft, er würde bei mir bleiben.

Flecki schob sich näher zu mir. »Mach dir keine Sorgen, Schätzchen, es wird alles wieder gut«, sagte sie mit einem tröstenden Unterton in der Stimme.

Und ich fragte mich, warum ich auf einmal ein ungutes Gefühl hatte.

26

Manchmal bringen
Veränderungen, die
man nicht gewollt hat,
trotzdem Glück.
Anusch

In den Tagen, die folgten, tauchte Anusch regelmäßig auf, wenn wir unterwegs waren, und lief neben uns her. Wir, Bruno, Flecki und ich, gewöhnten uns an sie, so wie wir uns an die kleine Lilli gewöhnt hatten. Und Anusch, die wie ein schwarzer Teufel aussah, war eine freundliche und friedliche Katze, sie passte gut zu uns und wurde schnell zu einer wirklich angenehmen Begleiterin. Sie hatte sich zum Schlafen in der alten Bäckerei niedergelassen, in der Backstube, die zwar noch eine Tür hatte, deren Fensterscheiben aber längst aus den morsch gewordenen

Rahmen gefallen und zerbrochen waren, sodass sie bequem ein- und aussteigen konnte.

Mir war das nicht unrecht, bedeutete es doch, dass ich nicht mehr allein war. Wenn ich abends noch ein wenig plaudern wollte, ging ich einfach ein bisschen zu ihr. Ich erzählte ihr von Emma und sogar von Kassandra, und sie erzählte mir von ihrer Heimat, in der die meisten Katzen auf der Straße gelebt hatten. »Das war aber nicht schlimm«, sagte sie. »Bei uns ist es wärmer als hier, und die Straßenhändler haben uns regelmäßig etwas zu essen hingeworfen, solange sie selbst noch etwas hatten. Nur in den letzten Monaten war alles so schlimm geworden.« Sie selbst hatte im Hof eines Fischrestaurants gelebt, in dem es, bevor die Stadt bombardiert wurde, mehr als genug Abfälle gegeben hatte.

Ich empfand Anusch als eine erfreuliche Mitbewohnerin. Außerdem brauchte ich sie nur zu sehen, wenn ich Lust dazu hatte. (Und ich hatte öfter Lust, als ich bei ihrem Einzug erwartet hatte, auch wenn ich Mirko, den ich gern häufiger gesehen hätte, nur selten bei ihr antraf.)

Wir, Bruno, Flecki, Anusch und ich, hatten wieder einmal gemeinsam gejagt. Wir waren satt und zufrieden und schlenderten durch den Park, planlos, einfach nur, weil die Sonne schien und wir nichts Besseres zu tun hatten. Unvermutet landeten wir im vorderen Teil des Parks, den wir nur selten aufsuchten, weil es dort Cafés und zu viele Menschen gab, die spazieren gingen oder ihre Hunde Gassi führten. Außerdem lag die Wiese mit den Mauselöchern näher an der Siedlung, der Hintereingang zum Park grenzte direkt an den Schulhof.

Vor dem Brunnen mit der steinernen Figur eines Flötenspielers mit einer dreizipfeligen Mütze auf dem Kopf und Stiefeln mit nach oben gebogenen Kappen blieb Anusch plötzlich stehen.

»Ich weiß eine Geschichte von einem Flötenspieler«, sagte sie. »Eine alte Geschichte, die mir meine Mutter erzählt hat, als ich noch ein Kind war.«

Flecki, die vorausgegangen war, hielt inne und drehte sich nach ihr um. »Erzähl sie uns doch!«, sagte sie. Sie war gierig nach Geschichten. Ich übrigens auch, schließlich war ich mit Emmas Geschichten aufgewachsen.

Anusch senkte bescheiden den Kopf. »Ich weiß aber nicht, ob sie wahr ist.«

»Das ist doch egal«, mischte sich Bruno ein. »Eine Geschichte ist entweder eine gute Geschichte oder keine gute Geschichte, egal ob sie wahr ist oder nicht.« Er leckte sich ein bisschen Schmutz von der Pfote, bevor er mit einem etwas ungeschickten Satz auf dem Brunnenrand landete und sich auf dem sonnenwarmen Sandstein ausstreckte. Sein gekrümmtes rechtes Bein ragte ein bisschen in die Luft. »Wo steckt eigentlich Mirko die ganze Zeit?«, fragte er.

»Er steigt Mizzi hinterher, dieser hübschen dreifarbigen Katze, die man auch die Akrobatin nennt«, sagte Anusch. »Er hat nichts anderes mehr im Kopf. Wann immer man ihn trifft, schwärmt er von der schönen Mizzi mit ihren eleganten Bewegungen.«

»Wenn das mal gut geht«, murmelte Bruno, »Mizzi hat jede Menge Verehrer. Mirko sollte besser die Pfoten von ihr lassen, sonst kriegt er noch Ärger.«

»Aber er ist hübsch«, sagte Anusch, »und er ist jung.« Sie richtete sich auf, sprang ebenfalls auf den Brunnenrand und setzte sich zwischen die steinernen Stiefel des Flötenspielers. Flecki und mir blieb nichts anderes übrig, als es ihr und Bruno nachzutun. Flecki rollte sich so zurecht, dass sie Anusch im Blick hatte, und ich legte mich neben Bruno und schnurrte vor Vergnügen. Es war wirklich sehr angenehm in der Sonne, auf dem warmen Sandstein, der eine ähnliche Farbe hatte wie Emmas Lieblingspullover, irgendein Ton zwischen Rosa und Grau.

»Los, Anusch, fang schon an!«, sagte Flecki und rollte sich auf den Rücken, sodass die Sonne ihren Bauch beschien. Nicht weit von ihr, auf dem Brunnenrand, lag ein angebissener Apfel, dessen weißes Fruchtfleisch schon braun geworden war. Ein paar Wespen krochen auf ihm herum. Ich beobachtete sie träge. Ich fühlte mich satt und zufrieden.

»Also gut«, sagte Anusch. Sie saß unbeweglich zwischen den Stiefeln der Statue und sah, schwarz, wie sie war, selbst wie eine Statue aus.

»Hört zu!«, fing Anusch an. »Die Geschichte beginnt in einem armen Land, in dem es mehrere Sommer lang sehr heiß gewesen war. Eine große Dürre brach aus. Deshalb wuchs auch nicht viel und es herrschte oft Hunger.« Sie stockte und schaute sich um, bevor sie fortfuhr: »Nicht überall auf der Welt gibt es so viel Überfluss wie hier.« Bei diesen Worten hob sie die rechte Pfote und machte eine umfassende Bewegung, wie um das Gesagte zu betonen. »In jenem Land also regnete es ein paar Jahre lang nur selten, meist brannte die Sonne von einem wolkenlosen

Himmel. Die Felder wurden trocken und dorniges Gestrüpp verdrängte die mageren Getreidehalme. Da war es kein Wunder, dass die Mäuse gezählt waren und die Katzen nicht selten Hunger litten. Oft wachten sie mit knurrenden Mägen auf und gingen mit knurrenden Mägen schlafen, nur um von Essen zu träumen.

Eines Tages nun erschien ein Flötenspieler mit einer dreizipfeligen Kappe auf dem Kopf. Er sagte nichts und antwortete nicht auf Fragen, er wanderte nur durch die Dörfer und Städte und spielte auf seiner Flöte die schönsten Melodien, so süß, dass die Kinder anfingen zu tanzen. Niemand wusste, woher er gekommen war, er war auf einmal da, wie aus dem Nichts aufgetaucht. Wie das nun mal so ist mit überraschenden Ereignissen, entweder schleichen sie sich so langsam ein, dass es lange dauert, bevor man sie wahrnimmt, oder sie kommen plötzlich, ohne dass man sie sich erklären kann. ›Er ist vom Himmel gefallen‹, sagten ein paar wirrköpfige Katzen, esoterische Spinner, die es auch bei uns gibt und die alles, was sie nicht verstehen, auf Übersinnliches zurückführen. Sie schworen, unter seinem Wams die Ansätze von zwei zusammengeklappten Flügeln gesehen zu haben.

Die Menschen wollten nichts von dem Flötenspieler wissen. ›Ein Gaukler‹, sagten sie, ›ein Nichtstuer. Vom Flötenspielen kann man sich keinen Bissen abbeißen.‹ Sie hatten keine Lust, noch eine weitere Person mitfüttern zu müssen, und taten alles, um ihn wieder loszuwerden. Sie hatten Angst, er würde viele, nicht nur die Kinder, zu Tanz und Zeitvertreib verleiten. Und sie beschimpften ihn, weil er nur

Flöte spielen wollte, während sie im Schweiße ihres Angesichts den kargen Boden bearbeiteten. Für sie war er ein unnützer Esser. ›Geh weg, wir können dich hier nicht brauchen!‹, sagten sie so oft, bis der Flötenspieler die Nase voll hatte und wirklich weggehen wollte.

Aber nicht allein.

Eines Tages spazierte er über die Felder und spielte auf seiner Flöte die süßesten Weisen, so süß und verlockend, wie man es nie gehört hatte.

Es waren die Mäuse mit ihren feinen Ohren, die als Erste darauf reagierten. Sie kamen aus ihren Löchern und liefen dem Musikanten hinterher. Aus dem ganzen Land strömten sie zusammen, so viele, dass die Katzen nicht wagten, sie anzugreifen. Aber ohne Mäuse können Katzen nicht leben, deshalb mussten sie ihnen folgen. Da gingen sie also, der Flötenspieler, die Mäuse und die Katzen. Bald schlossen sich ihnen die Kinder an, die ihre Katzen über alles liebten, und nun waren es Mäuse, Katzen und Kinder, die sich von den verführerischen Klängen locken ließen. Und nach den Kindern kamen auch die Mütter und Väter und folgten dem Zug, die Großeltern, die Onkel und Tanten, und alle verließen das Land, das ihre Heimat war, wenn auch eine karge Heimat, die ihnen keine ausreichende Nahrung mehr bot.

Alle, alle folgten dem Flötenspieler.

Sie zogen durch Wälder und Felder, über Hügel und Berge, durch Sümpfe und über steinige Höhen. Nachts schliefen sie auf der nackten Erde, tagsüber wanderten sie weiter. So lange, bis sie in ein weites, fruchtbares Tal kamen.

Da machten sie zum ersten Mal wirklich Rast. Das Tal war menschen- und katzenleer, nur Mäuse gab es mehr als genug. Also ging es den Katzen gut. Und weil es den Katzen gut ging, ging es den Kindern gut, und weil es den Kindern gut ging, ging es auch ihren Müttern und Vätern gut, den Großeltern, den Onkeln und Tanten.

Deshalb beschlossen sie, in diesem Tal zu bleiben. Sie bauten sich Hütten aus Zweigen und Ästen. Die Männer jagten Hasen, die Frauen sammelten Beeren und Pilze, Bucheckern und essbare Wurzeln. Sie schnitten Weidenzweige ab und flochten daraus Körbe, die sie in den Nachbartälern auf den Märkten anboten. Für das Geld, das sie damit verdienten, kauften sie Schweine, Ziegen und Hühner, später auch Werkzeug, um sich Häuser zu bauen, und Spaten, um Gärten anzulegen. Und schließlich Saatgut und Pflüge, mit denen sie Äcker bestellen konnten. Sie errichteten Ställe und Zäune für ihre Schweine, Ziegen und Hühner. Die Schweine lieferten Fleisch, die Ziegen gaben Milch und die Hühner legten Eier. Das Fleisch der Schweine, der Käse aus Ziegenmilch und die Eier brachten so viel Geld ein, dass die Menschen bald eine Schule für ihre Kinder bauen konnten.

Von Jahr zu Jahr ging es ihnen besser. Den Schweinen, Ziegen und Hühnern folgten Schafe, Kühe und Pferde. Die Kinder wurden groß und heirateten Kinder aus den umliegenden Tälern und bald waren sie keine Fremden mehr. Auch die Katzen freundeten sich mit den Katzen der Nachbartäler an und hörten auf, Fremde zu sein.

Nur eine Sache war seltsam. Der Flötenspieler war verschwunden. Er war ins Nichts abgetaucht, so wie er aus dem

Nichts gekommen war. Nur die Spinner schworen, sie hätten gesehen, wie er sein Wams ausgezogen und zwei große Flügel aufgeklappt hätte, und dann wäre er davongeflogen, nach Osten, der aufgehenden Sonne entgegen.

Die Menschen redeten lange von ihm. Sie waren ihrem Wohltäter dankbar und hatten ein schlechtes Gewissen, weil sie ihn anfangs so unfreundlich behandelt hatten. Und da sie ihn nicht mehr um Verzeihung bitten und ihm persönlich danken konnten, bauten sie ihm wenigstens ein Denkmal. Ein Denkmal aus Stein.«

Anusch schwieg. »Diese Geschichte hat mir meine Mutter erzählt und die anderen Mütter haben sie ebenfalls ihren Kindern erzählt. Ich weiß noch, dass wir immer herauszufinden versuchten, in welchem unserer Nachbartäler dieses Denkmal stand, aber wir haben es nie gefunden.«

Sie hob den Kopf und betrachtete den Flötenspieler. »So muss es wohl ausgesehen haben«, sagte sie nach einer Weile.

»Danke, Anusch«, sagte Bruno und wischte sich mit der Pfote über die Augen. »Danke, das war eine schöne Geschichte.«

Flecki war eingeschlafen.

27

Der Herbst ist bunt,
der Herbst ist schön.
Doch Schönheit, ahnt man,
wird vergehn.
Emma

An diesen Vers, den Emma vor einem Jahr gedichtet hatte, musste ich jetzt denken. Es war Herbst geworden, an den Apfelbäumen hingen Äpfel, die Blätter des Ahornbaums vor der Kirche wurden goldgelb, die Weinranken am Pfarrhaus bekamen rote Ränder, von den Kastanien fielen grüne, stachelige Früchte, platzten auf und gaben glänzende, braune Kugeln frei, an vielen Büschen leuchteten Beeren in Orange bis Rot, in den Gärten verblühten langsam die Astern und ließen ihre Köpfe hängen.

Seltsam, dass mir das überhaupt auffiel.

Früher hatte ich solche Veränderungen in der Natur kaum wahrgenommen, da war es Emma, die mich darauf aufmerksam machte, auf das helle Grün der Birkenblätter im Frühling, auf die Blumenwiesen im Mai, auf die ersten Rosen, den Rittersporn. Nun, da wir nicht mehr zusammen waren, Emma und ich, schien es, als müsste ich alles für sie sehen, quasi mit ihren Augen.

Früher hatte ich nur das wahrgenommen, was direkt vor meiner Nase war, die Blumenstängel im Garten, den Rasen, die verschiedenen Gräser und Halme auf der Wiese im Park, die Ritzen des Straßenpflasters, den Schotter und den Sand auf dem Weg zur alten Bäckerei, das Getreide auf den Äckern, wenn ich zwischen den Stängeln nach Mauselöchern suchte. Jetzt kam es mir vor, als hätte ich damals nie den Kopf gehoben und hätte nur das gesehen, was in Augenhöhe vor mir lag, und alles andere wäre mir entgangen.

Ich hätte gern mit Bruno darüber gesprochen, ihn gefragt, ob er das auch alles sah. Aber Bruno war verschwunden. Wieder einmal. Morgens, mittags und abends saß ich vor seinem Haus und rief ihn, aber er kam nicht. Vielleicht ist er ja krank geworden, dachte ich und wartete, dass er plötzlich aus einem Gebüsch treten und neben mir hergehen würde, wie er es gern tat. Der Gedanke an ihn ließ mich nicht los. Er fehlte mir, umso mehr, als ich das Gefühl hatte, dass auch Flecki mir aus dem Weg ging.

Ohne Anusch wäre ich ziemlich allein gewesen.

Ich ging oft mit ihr auf Mäusejagd. Manchmal trafen wir Flecki, die aber bald unter einem Vorwand verschwand, noch bevor ich ein normales Wort mit ihr reden konnte.

Abends lag ich auf meinen Säcken und dachte an Bruno. Ich überlegte, ob er vielleicht etwas gesagt hatte, das sein Verschwinden erklären könnte. Dass er zum Beispiel mit seinem Herrchen verreisen müsse. Vielleicht hatte ich ja einfach etwas Wichtiges überhört. Aber mir fiel nichts ein, natürlich nicht. Und Kassandra war auch keine Hilfe mit ihrem »Mach dir keine Sorgen, es wird alles wieder gut«.

Ein ums andere Mal dachte ich an den letzten Abend, den Bruno und ich gemeinsam verbracht hatten. Es war nach einer kühlen, verregneten Woche gewesen, zu kühl für die Jahreszeit, als das Wetter plötzlich umschlug. Der Regen hörte auf und es wurde warm und mild wie an einem schönen Juniabend. Es war, als wäre der Sommer noch einmal zurückgekehrt und würde uns zum Abschied einen sanften Abend schenken, mit einer Milde, die einem durch das Fell in den Körper zu dringen schien und einen ganz weich und sehnsüchtig machte.

Wir hatten uns zum Katzentreffen verabredet. Ich döste noch ein bisschen auf meinen Säcken, bis der Lärm draußen auf dem Hof immer lauter wurde, erst dann verließ ich meinen Schuppen.

Bruno saß vor der Backstubenwand auf einem Steinsockel, von dem niemand wusste, wozu er einmal bestimmt gewesen war, vielleicht für eine Bank oder einen Tisch. Jedenfalls war er breit genug, dass er zwei Katzen Platz bot. Ich landete mit einem Satz neben Bruno.

Heute war wohl wieder ein Fest, es war schon in vollem Gang.

»Willst du nicht tanzen?«, fragte Bruno, nachdem er mich liebevoll begrüßt hatte.

»Nein«, sagte ich, »ich habe heute keine Lust, ich möchte lieber bei dir bleiben.«

Er senkte den Kopf und rieb ihn an meinem Hals.

Nicht weit von uns, auf der obersten Stufe der Backstubentreppe, saß Betty, die alte, grau-weiße Katze aus dem Holzhaus hinter der Schule, und neben ihr eine kleine Flüchtlingskatze. Sie war wirklich besonders klein, aber auch besonders hübsch mit einem dichten, langhaarigen, hell getigerten Fell.

»Du musst dir unbedingt eine Familie anlachen, bevor es Winter wird«, hörten wir Betty zu der Kleinen sagen. »Du ahnst ja nicht, wie kalt unsere Winter sein können. Du bist noch zu jung, um es allein zu schaffen, du musst bei Menschen Unterschlupf finden. Weißt du, wie man so etwas macht? Weißt du, wie man Menschen umgarnt?«

Die Kleine schüttelte den Kopf.

»Du musst ihnen schmeicheln«, sagte Betty. »Du musst ihnen um den Bart gehen. Siehst du, so.«

Sie stand auf, ging die drei Stufen hinunter und schmiegte sich an den eisernen Geländerpfosten. »Das sollte ein Menschenbein sein«, sagte sie, drehte und wand sich, strich um den Pfosten, machte mal einen Buckel, mit hoch gerecktem Schwanz, dann wieder knickte sie mit den Vorderpfoten ein und ließ den Schwanz sinken. So strich sie um den Eisenpfosten. Die Kleine schaute ihr aufmerksam zu.

»Menschen mögen es, wenn Katzen ihnen schmeicheln«, sagte Betty. »Gut ist auch, wenn du ab und zu ein sehnsüchtiges Miau ausstößt und dabei den Kopf hebst und sie anschaust. Besonders wirksam ist es aber, wenn du den Mund aufmachst, als wolltest du miauen, und es dann doch nicht tust. Ein stummes Miau sozusagen. Darauf fallen die Menschen immer rein und bekommen automatisch Mitleid mit dir. Und wenn sie dich hochheben und du es dir gefallen lässt und weich und ergeben in ihren Armen liegst, hast du es beinahe geschafft. Du musst dann nur noch deinen Kopf an ihrer Brust reiben, die Augen schließen und schnurren, und schon hast du gewonnen. Hast du das verstanden?«

Die Kleine nickte.

»Also, wie stellst du dich an, wenn du einen Menschen rumkriegen willst, dass er dich zu sich nimmt und für dich sorgt?«

»Ich streiche ihm schmeichelnd um die Beine«, sagte die Kleine so leise, dass ich eigentlich nur erraten konnte, was sie gesagt hatte.

»Gut«, sagte Betty und setzte sich wieder auf die obere Schwelle. »Los, mach es mir vor!«

Während die Kleine unten um den Eisenpfosten strich, kam Anusch um die Ecke gebogen und setzte sich neben unseren Steinpfosten.

»Das ist Pajka, unsere Jüngste«, sagte sie. »Sie ist noch nicht mal ein Jahr alt. Ehrlich gesagt, ich habe nicht geglaubt, dass sie die Strapazen der Flucht überlebt. Aber sie ist zäh, das hat sie bewiesen. Jetzt braucht sie nur noch jemanden, der sie ein bisschen erzieht und ihr beibringt, was sie zum Überleben wissen muss. Und diesen Jemand scheint sie ja gefunden zu haben.«

Während wir dasaßen und Betty und Pajka zuschauten, änderte sich plötzlich die Stimmung des Festes, das ausgelassene »Schaut her, was ich kann, ich … ich … ich …« verstummte und nur noch ein böses, aggressives Fauchen war zu hören.

Es war Rambozambo, der über Mirko herfiel, ihn biss und kratzte und mit einem heftigen Stoß zu Boden warf. Doch obwohl Mirko sich auf den Rücken rollte, bereit, sich zu ergeben, ließ Rambo ihn nicht in Ruhe, er fauchte und schlug seine Zähne in das Fell des jungen Katers, sodass das Blut förmlich herausspritzte. Ein Kreis hatte sich um die Kämpfenden gebildet, murrende Stimmen waren zu hören, aber niemand griff ein.

Bruno machte einen Satz und drängte sich dazwischen. Er stieß Rambo unsanft zur Seite und fauchte ihn an. »Schluss jetzt, es reicht«, sagte er, »du bringst ihn ja um.«

Und als Rambo verunsichert »Aber …« sagte, wurde Bruno noch wütender. »Kämpfen ist gut und schön, wenn es nur darum geht, die Kräfte zu messen, aber umbringen – so etwas gibt es bei uns nicht, merk dir das! Du hast ihm gezeigt, dass du stärker bist, und jetzt ist es genug.«

»Aber er soll die Pfoten von Mizzi lassen«, maulte Rambo. »Er drängt sich einfach zwischen uns und dabei gehört er gar nicht hierher. Wir wollen ihn hier nicht haben.«

»Lern du erst mal, dich wie ein richtiger Kater zu benehmen«, sagte Bruno. Zustimmendes Murmeln war zu hören.

»Bruno hat recht« und »Rambo fällt immer aus der Rolle« und »Er denkt, er kann machen, was er will«.

Bruno deutete auf Mizzi, die sich zu Mirko gesetzt hatte und seine Wunden sauber leckte. »Schau doch«, sagte er spöttisch. »Du willst ihn hier nicht haben, aber Mizzi ist offensichtlich anderer Meinung.«

Eine Katze nach der anderen wandte sich von Rambo ab. Sogar Brombeere, die früher gegen die Flüchtlinge gewesen war, schlug sich auf Mirkos und Mizzis Seite. Rambozambo konnte den Hohn und die offene Abwehr, die ihm entgegenschlugen, nicht ertragen, mit eingezogenem Schwanz zog er davon.

Ich war sehr stolz auf Bruno und schmiegte mich dichter an ihn, glücklich und dankbar, dass ich einen solchen Freund gefunden hatte.

In dieser Nacht blieb er bei mir.

28

Das Leben ist
nicht immer schön,
man muss auch
Schweres überstehn.
von mir

Und dann geschah etwas, womit ich nicht gerechnet hatte und was mich völlig durcheinanderbrachte. Eines Morgens wollte ich Anusch abholen und stieg durch das zerbrochene Fenster in die Backstube. Aber Anusch kam mir nicht freundlich miauend entgegen, wie sie es sonst immer tat, sie blieb im Backofen liegen. Den Grund dafür entdeckte ich erst, als ich näher trat, obwohl mir der neue Geruch gleich hätte auffallen müssen.

Anusch hatte Junge bekommen, drei winzige Kätzchen, nackt und blind und weißlich wie Engerlinge, die sich an ihren Zitzen festgesaugt hatten und mit ihren Stummelbeinchen gegen ihren Bauch trommelten.

»Sie sind heute Nacht gekommen«, sagte Anusch leise, aber mit unüberhörbarem Stolz in der Stimme. »Sind sie nicht die niedlichsten Kätzchen, die du je gesehen hast?«

Die Antwort auf diese Frage war leicht: Ich hatte noch nie neugeborene Kätzchen gesehen, ich lernte sie erst ken-nen, wenn sie groß genug waren, um mit ihren Müttern zu unseren Treffen zu erscheinen, und dann sahen sie wie Katzen in Kleinformat aus, nicht die Spur wie Engerlinge. Es waren also die ersten Neugeborenen, die ich zu Gesicht bekam. Ich hatte zwar manchmal gehört, diese oder jene Katze habe Junge bekommen, auch davon, dass Junge gestorben waren, aber das war alles. Ich hätte mir nie vorstellen können, wie sie wirklich aussahen. Ich hatte auch nie darüber nachgedacht.

Jetzt betrachtete ich sie ganz genau. Niedlich? Nein, niedlich fand ich sie eigentlich nicht mit ihren unförmigen Köpfen und den Körperchen, die aussahen, als wären sie aus dem Hefeteig geformt, den Emma immer zum Aufgehen auf die Anrichte gestellt hatte. Trotzdem spürte ich, wie eine sentimentale Zärtlichkeit in mir aufstieg, ein seltsames Gefühl, das mich innerlich weich und zerfließend machte. Ein Gefühl, das kaum auszuhalten war.

»Wie gut, dass der Acker so dicht an der Bäckerei ist«, sagte Anusch, »da brauche ich sie nicht so lange allein zu lassen, wenn ich mir Mäuse besorgen muss.«

Ich war so verwirrt, dass ich kein Wort herausbrachte.

Ich floh. Nicht vor Anusch, sondern vor einem Ansturm von Gefühlen, die ich nicht einordnen konnte und die mich zu überwältigen drohten. Ich ertrug den Anblick der Jungen nicht mehr. Emma, dachte ich, Emma hätte mir alles erklären können. Meine Sehnsucht nach ihr war so groß, dass ich, ohne es wirklich überlegt zu haben, nach langer Zeit zum ersten Mal wieder zu dem Haus lief, das früher unser Heim gewesen war und um das ich seither immer einen Umweg gemacht hatte. Diesmal war es anders.

Schon von Weitem sah ich, dass Frau Reimann im Garten arbeitete. Sie riss welke Stängel aus der Erde und trug sie zum Komposthaufen am hinteren Gartenzaun. Das hatte Emma im Herbst auch immer gemacht. Und wie Emma blieb Frau Reimann von Zeit zu Zeit stehen, richtete sich auf und stemmte die Arme in die Seiten, um den schmerzenden Rücken zu dehnen.

Emma hatte ihren Garten geliebt, auch wenn sie oft genug über die anstrengende Arbeit gestöhnt hatte. (Ich habe, ehrlich gesagt, die Zeit, in der Emma arbeitete, einfach genutzt, um auf der Bank ein zusätzliches Nickerchen zu machen. Wir Katzen schlafen bekanntermaßen gern und viel. »Du verschläfst noch dein ganzes Leben«, hatte Emma manchmal gesagt.)

Jetzt hat sie keinen Garten mehr, dachte ich. Ich konnte mir gar nicht vorstellen, wie sie in diesem Heim lebte, und fragte mich, ob sie die ganze Zeit im Bett liegen musste, weil sie »ein Pflegefall« war. Vielleicht gab es ja einen Garten, den sie von ihrem Fenster aus sehen konnte. Hoffentlich.

Emma liebte vor allem die Beete mit den Blumen. Blaue Blumen wie Männertreu, Glockenblumen und Rittersporn. Daneben liebte sie Rosen in allen Farben. Genau wie ich. Rosenblätter schmeckten mir einfach, egal ob sie weiß, rosa oder rot waren. Ich hatte schon lange keine Rosenblätter mehr bekommen. Seit Emma keine Rosen mehr gekauft hatte, seit sie krank geworden war. Wenn Emma eine Vase mit Rosen auf den Tisch gestellt hatte, war ich auch schon mit einem Satz oben gewesen und hatte angefangen, an den Blütenblättern zu knabbern. Ich weiß nicht, ob es der betörende Duft war, der mich so gierig machte, oder der süße Geschmack. Oder beides. Bis heute liebe ich Rosen mehr als alle anderen Blumen. Schade, dass sie im Garten wegen der Dornen für Katzen unerreichbar sind, und die abgefallenen, verwelkten Blütenblätter schmecken nicht mehr.

Als Erstes fiel mir auf, dass die Wohnzimmergardinen unseres Hauses nicht mehr beige mit ein paar schmalen, blauen Streifen waren, sondern maisgelb. Auch unser alter Garten sah ganz anders aus. Die Bank, auf der wir an warmen Sommertagen so oft gesessen hatten, um ein wenig Schatten zu genießen, stand jetzt auf der anderen Seite des Rasens, neben einem neu gebauten Sandkasten mit breiten Holzbrettern am Rand. Und am dicksten Ast des Apfelbaums hing eine Schaukel, auf der ein Mädchen mit blonden Zöpfen gelangweilt hin- und herschwang. Im Sandkasten saß ein noch kleineres Mädchen mit einer Schaufel. Die Kleine füllte Sand in ein rotes Eimerchen, und wenn es voll war, kippte sie es aus und begann von Neuem mit dem Spiel.

Als ich gerade überlegte, ob ich mich vielleicht an die

Kinder gewöhnen und wieder einziehen könnte, kam eine Frau mit einem blonden Pferdeschwanz und mit einem Tablett, auf dem zwei Tassen standen, die Verandatreppe herunter und um ihre Beine hüpfte ein Hund. Ein Dackel. Ausgerechnet ein Dackel. Hunde dieser Rasse sind als besondere Katzenhasser bekannt. Gut, dann eben nicht. Es war ja auch nur eine dumme Idee gewesen. Ohne Emma hätte ich in diesem Haus sowieso nicht leben wollen.

Ich drehte mich um und lief weiter durch die Siedlung. Und als ich am anderen Ende der Straße die dicke Frau Sedlmeyer entdeckte, die eine große Einkaufstasche schleppte, lief ich noch schneller. Sie war die Letzte, der ich begegnen wollte.

29

Vergangenes versteht
man oft erst im
Nachhinein, wenn
man es nicht mehr
ändern kann.
Emma

Der Spruch stammt ebenfalls von Emma. Er stimmt zwar nicht immer, aber vermutlich öfter, als man es sich wünscht, und hat natürlich etwas mit Bedauern zu tun, mit Reue. Ich weiß noch genau, wann Emma ihn gesagt hatte.

Wir saßen an einem schönen Sommerabend auf der Bank unter dem Apfelbaum und hörten dem Zirpen der Grillen zu, was Emma ganz besonders gern tat, und sie erzählte mir von einem Mann, den sie in ihrer Jugend geliebt hatte. »Er war die große Liebe meines Lebens«, sagte sie und wischte sich mit dem Handrücken ein paar Tränen ab.

Es war in England. Emma war noch Studentin und verbrachte ein Auslandssemester in London. Dort lernte sie ihn kennen. Er hieß Jack und war ebenfalls Student. »Er war nicht schön«, sagte Emma, »eigentlich war er sogar hässlich, mit einem Pferdegesicht und hervorquellenden Augen und mit borstigen Haaren, die wie die Stacheln eines Igels um seinen Kopf standen. Doch er war gescheit und witzig und unendlich zärtlich. Wir hatten eine wunderschöne Zeit zusammen, auch wenn ich manchmal erschrak, wenn ich ihn anschaute. Aber ich war ja in England und keine meiner Freundinnen konnte eine blöde Bemerkung machen. Als mein Englandaufenthalt zu Ende ging, fragte er mich, ob ich nicht in London bleiben und ihn heiraten wolle.«

Emma fuhr sich wieder über die Augen, bis sie ein Taschentuch aus ihrer Hosentasche zog und sich laut und ausführlich schnäuzte, bevor sie fortfuhr: »Ich habe Nein gesagt, einfach Nein, und bin nach Hause zurückgefahren. Danach habe ich ihn nie wiedergesehen. Und weißt du, Kitty, schuld war nicht nur mein Studium, das ich unbedingt zu Ende bringen wollte, schuld war sein Pferdegesicht. Er war mir einfach nicht schön genug. Ich stellte mir vor, was meine Freundinnen sagen würden, wenn sie ihn sähen. Das gestand ich mir aber erst ein, als ich längst wieder zu Hause war. Ich habe ihm später einen Brief geschrieben, doch die einzige Antwort, die ich bekam, war eine Heiratsanzeige. Er hatte eine andere Frau gefunden, eine, die klüger war als ich. Das war das Ende meiner großen Liebe. Vergangenes versteht man oft erst im Nachhinein, wenn man es nicht mehr ändern kann.«

Sie schnäuzte sich wieder. »Ich hätte in London bleiben sollen«, sagte sie. »Nach ihm war mir keiner mehr recht. Erwin sah zwar gut aus, aber er war nicht witzig, eher steif und reserviert. Klaus war mir nicht zärtlich genug, und Thomas ging mir auf die Nerven mit seinem gackernden Lachen und außerdem war er nicht besonders gescheit. Verstehst du, Kitty, ich habe den Mann, den ich liebte, aus dem dümmsten Grund verlassen, den man sich vorstellen kann: wegen seines Aussehens. Und ich habe zu spät kapiert, dass es nichts Wichtigeres gibt als die Liebe. Merk dir das, Kitty: Es ist die Liebe, nur die Liebe.«

Auch das war eine der Lebensweisheiten, die Emma mir mitgegeben hatte. Arme Emma, dachte ich, ich hätte ihr die Liebe gegönnt. Doch wenn sie in London geblieben wäre, hätte ich sie nie kennengelernt.

Ich machte mich auf die Suche nach Flecki und traf sie hinter dem City-Bistro, wo sie mal wieder die Mülltonne umgeworfen hatte. Als sie mich entdeckte, schob sie mir wortlos ein halbes Steak zu. Es schmeckte großartig, ich konnte gar nicht verstehen, warum der Mensch, der es sich bestellt hatte, es nicht hatte aufessen wollen. Egal, mir konnte es recht sein. Als ich mir nach dem Mahl das Gesicht reinigte, sagte ich: »Flecki, Anusch hat drei Junge bekommen.«

Flecki schaute mich aufmerksam an, dann sagte sie: »Du auch, Schätzchen.«

»Was ich auch?«, fragte ich erstaunt.

»Du wirst auch Junge bekommen.«

Diese Worte trafen mich wie ein Schlag. »Woher weißt du das?«, stotterte ich.

Flecki hob eine Pfote. »Ich bin eine alte, erfahrene Katze und habe selbst oft Junge gehabt, ich sehe es dir an. Und ich rieche es auch.«

»Wann?«, fragte ich. »Wann, meinst du, werde ich Junge bekommen?«

»Nicht gleich, vielleicht in vier, fünf Wochen. Du solltest dir eine neue Familie suchen, Schätzchen. Streunerinnen bekommen ihre Jungen kaum groß, vor allem keinen Herbstwurf. Auch Anuschs Jungen werden es wohl nicht schaffen, zumindest nicht alle drei.«

Ich brachte kein Wort heraus. Ich zweifelte allerdings keinen Moment daran, dass Flecki recht hatte. Ich hatte mich in der letzten Zeit verändert, ich fühlte mich tief in mir anders an. Erfüllter. Lebendiger. Jedenfalls hatte ich mir nie so oft den Bauch geleckt wie jetzt.

Ich würde also Junge bekommen. Darüber musste ich erst einmal in aller Ruhe nachdenken. Aber nicht jetzt. Zum Nachdenken musste ich allein sein. Und davor wollte ich mir Anuschs Engerlinge noch einmal genauer anschauen.

»Bruno«, sagte ich zu Flecki, »ich habe Bruno schon längere Zeit nicht mehr gesehen. Bestimmt ist er wieder krank, wie im Sommer.«

Flecki wischte sich Kuchenkrümel vom Gesicht. Sie schaute mich nicht an, als sie sagte: »Ich glaube nicht, dass er krank ist. Nicht mehr. Ich glaube, er kommt nie wieder.«

Was redet sie da für einen Blödsinn?, dachte ich. Natürlich kommt er wieder. Er gehört doch hierher, zu uns.

Ich starrte den Abfall an, der aus der Mülltonne gerutscht war. Auch Ameisen aus dem Garten hinter uns hatten ihn entdeckt und bildeten eine lange Karawane aus den Grasbüscheln am Zaun über die Pflastersteine bis hin zu einem Häufchen Reis mit Hackfleisch. Zwei Ameisen schleppten etwas Weißes, von dem ich nicht erkennen konnte, was es war, eine Art Wurm oder Made oder so etwas, jedenfalls war das Ding größer als ein Reiskorn, es war dreimal so groß wie die beiden Ameisen, die es schleppten. Woher wussten sie, dass sie es nur gemeinsam tragen konnten? In diesen winzigen Köpfen konnten sie doch kaum genug Gehirn haben, um derart komplizierte Verabredungen zu treffen. Ich grübelte über das Verhältnis von Kopfgrößen und der Entwicklung eines gut funktionierenden Gehirns nach und kam zu dem Schluss, dass man erst bei Katzen und Hunden eine gewisse Klugheit erwarten konnte.

»Schätzchen«, sagte Flecki, »hast du gehört, was ich gesagt habe?«

Ich schaute Flecki nicht an. Im Müll hatte ich zwei Joghurtbecher entdeckt, die nicht ganz ausgekratzt waren. Ich ging hin und leckte die Reste heraus.

»Schau mich an!«, sagte Flecki.

»Das ist doch Blödsinn«, sagte ich und schaute an ihr vorbei. »Wo soll er denn sein, wenn er nicht wiederkommt?«

»Schätzchen«, sagte Flecki mit einer seltsam fremden, rauer gewordenen Stimme. »Schätzchen, du hast doch verstanden, was ich damit sagen wollte. Bruno ist tot.«

Manchmal will man nicht hören, was man hört. Und hört es doch. Auf einmal war mein Kopf ganz leer, als wären plötzlich alle normalen Gedanken weggesackt, irgendwohin, wo ich sie nicht mehr erreichen konnte. Ich starrte die Ameisen an, die immer noch weiterkrabbelten, als wäre nichts passiert. Und ich starrte Flecki an, die etwas so Ungeheuerliches einfach aussprach.

»Du lügst!«, schrie ich sie an. »Du bist eine alte, eifersüchtige Lügnerin! Woher willst du das denn wissen? Warst du etwa dabei, als er gestorben ist?«

Flecki wehrte sich nicht gegen meinen Angriff, ihre Stimme klang sanft und mitleidig. »Nein, ich war nicht dabei, Schätzchen«, sagte sie, »und ich wünschte, ich würde lügen. Aber Bruno hat mir selbst gesagt, dass er bald sterben würde. Deshalb gehe ich davon aus, dass es jetzt passiert ist.«

Mir war schlecht, ich wollte es nicht glauben, ich konnte es nicht glauben. »Das ist nicht wahr«, sagte ich mit einer Stimme, die sich anhörte, als hätte ich einen rostigen Nagel in der Kehle. »Das hätte er mir doch nicht verschwiegen. Sag, dass es nicht wahr ist!«

»Es ist wahr«, sagte Flecki. »Bruno ist tot, es kann gar nicht anders sein. Er war sehr krank. Du weißt doch, dass er im Sommer operiert worden ist. Da hat er gehört, wie der Arzt zu seinem Herrchen sagte: ›Tut mir leid, er wird es nicht schaffen. Er hat vielleicht noch ein paar Wochen zu leben, dann ist es vorbei. Zu meinem Bedauern kann ich

Ihnen keine Hoffnung machen. Das Einzige, was mir bleibt, ist, Ihnen Tabletten mitzugeben, damit er keine Schmerzen leidet.‹ Das hat Bruno gehört. Er hat mir gesagt, dass er jetzt merkt, wie es ihm von Tag zu Tag schlechter geht. Und er hat mich gebeten, es dir erst zu sagen, wenn es vorbei wäre. Tut mir leid, Schätzchen, ich hätte es dir gleich sagen sollen, als er nicht mehr gekommen ist. Aber ich habe es nicht übers Herz gebracht. Ich habe ja gewusst, wie traurig es dich machen würde.«

Die Ameisen krabbelten und krabbelten. Unermüdlich. Sie waren lebendig und Bruno war tot.

»Schätzchen, rede mit mir!«, sagte Flecki.

Ich brachte die Frage kaum heraus, der rostige Nagel steckte noch immer in meiner Kehle. »Warum hat er es mir verschwiegen? Hat er mich nicht ernst genommen?«

Flecki rutschte näher zu mir. Ich starrte zu Boden, folgte den Ameisen mit den Augen.

»Im Gegenteil«, sagte Flecki. »Er hat dich sehr ernst genommen, du warst enorm wichtig für ihn. Er wollte dich nicht traurig machen. Und außerdem hatte er Angst, du würdest dich vorzeitig von ihm lösen. Er wollte nicht, dass du jedes Mal, wenn du ihn siehst, denkst, er stirbt bald, und dass du viel zu früh in Gedanken Abschied von ihm nimmst. Er wollte die Zeit mit dir bis zuletzt genießen.«

Sie schmiegte sich an mich, rieb ihren Kopf an mir. »Ich bin auch traurig«, sagte sie.

Wir schwiegen lange.

Dann sagte ich: »Bruno hat über das Sterben gesagt, dass es gar nicht so schlimm ist. Man spürt nichts mehr. *Nach dem Tod ist wie vor dem Tod,* hat er gesagt. Der einzige Unterschied ist: *Wenn man geboren wird, ist man hungrig, und wenn man stirbt, ist man hoffentlich satt.*« Ich stockte. »Meinst du, Bruno war satt?«

»Ja, Schätzchen, ich bin sicher, dass er satt war. Er hat seine sieben Leben gelebt. Und er wurde geliebt.«

»Es gibt nichts Wichtigeres als die Liebe, das hat Emma gesagt.«

»Deine Emma war eine kluge Frau«, sagte Flecki.

»Ist«, sagte ich. »Emma *ist* eine kluge Frau. Sie ist noch nicht gestorben, sie lebt in ihrem Pflegeheim.«

An diesem Abend besuchte ich Anusch nicht mehr. Ich wollte mir die lebenden Engerlinge nicht anschauen, obwohl Bruno gesagt hatte, wir müssten sterben, um den nächsten Generationen Platz zu machen. Ich zweifelte nicht an der Wahrheit dieser Feststellung, aber ich wollte die nächste Generation nicht sehen, nicht heute.

»Kassandra«, sagte ich, als ich auf meinen Säcken lag. »Kassandra, hast du gehört, was passiert ist?«

»Mach dir keine Sorgen, Kitty, es wird alles wieder gut«, sagte sie mit Fleckis Stimme.

An diesem Abend war es überhaupt nicht tröstlich.

30

Eine Katze, die einen
Kanarienvogel gefressen
hat, kann deshalb noch
lange nicht singen.
Emma

Dieser Spruch, den Emma einmal gesagt hatte, fiel mir ein, als mir die Erkenntnis kam, dass ich mein Leben ändern musste. Genauso gut hätte Emma sagen können: Eine Katze, die ein paar Monate auf der Straße lebt, ist deshalb noch lange keine Streunerin. Ich war keine. Eindeutig nicht. Das wurde mir auf einmal klar. Ich war als Hauskatze aufgewachsen und musste wieder eine werden, denn ich würde Junge haben. Eine Streunerin bekommt ihre

Jungen kaum groß, hatte Flecki gesagt, vor allem keinen Herbstwurf.

Und es war Herbst geworden, mit kühlem Wetter und einer Art Dauerregen, den Emma Landregen genannt hätte. Die Nächte waren kalt, da half es auch nichts, dass ich zum Schlafen zwischen zwei Säcke kroch. Außerdem wurde es zunehmend schwieriger, Mäuse zu fangen, die Mäuse schienen den ständigen Nieselregen ebenfalls zu scheuen. Und, ehrlich gesagt, sie schmeckten mir auch nicht mehr so gut. Anfangs hatte ich sie ja sehr lecker gefunden, doch allmählich sehnte ich mich nach dem Trockenfutter, das Emma mir immer hingestellt hatte. Ich sehnte mich auch nach ihren streichelnden Händen. Und nach dem Kakao, den ich bei ihr immer zum Frühstück bekommen hatte, denn das Wasser im Teich schmeckte inzwischen richtig modrig. Vermutlich wegen der vielen Blätter, die aus den Kronen der umstehenden Bäume hineingefallen waren. Flecki hatte recht, ich musste mir ein neues Zuhause suchen.

Doch das war gar nicht so einfach.

In den meisten Häusern der Siedlung gab es schon ein Haustier, entweder eine Katze oder einen Hund. Und in viele der früher haustierfreien Häuser waren inzwischen fremde Katzen eingezogen. Rechtzeitig, bevor es kalt wurde.

Als Erstes war mir Brunos Herrchen eingefallen, der Mann im Rollstuhl. Bruno hatte ja gesagt, er sei besonders nett. Als ich an die drei Extras dachte, die Bruno manchmal bekommen hatte, wurde mir ganz flau im Magen. Ich saß also vor seinem Haus und wartete. Doch als er endlich herausrollte, sah ich, dass er einen Hund an der Leine führte, einen mittelgroßen mit einem rotbraunen Fell. Und als ich näher trat, fing der Hund an zu bellen. Er hatte vermutlich keine Lust, seine Extras mit einem anderen Tier zu teilen, schon gar nicht mit einer Katze. Der Mann hatte sich schnell über den Verlust seines Katers hinweggetröstet. Zu schnell, dachte ich, er hätte ruhig ein bisschen länger trauern können. Für mich gab es jedenfalls bei ihm keinen Platz.

Als Nächstes probierte ich es in einem Haus neben der Schule, in dem es, soweit ich wusste, kein Haustier gab. Ich legte mich auf die Lauer.

Als der Mann, der in dem Haus wohnte, abends aus seinem Auto stieg, strich ich um seine Beine, wie Betty, die alte Schwarzweiße aus dem Holzhaus, es der jungen Pajka beigebracht hatte. Ich schmiegte mich an ihn, buckelte und machte mich klein. Ich schaute ihn an und stieß ein sehnsüchtiges Miau aus, und ich vergaß auch nicht das stumme Miau, das Betty der kleinen Pajka so nachdrücklich ans Herz gelegt hatte. Und als er mich hochhob, rieb ich meinen Kopf an seiner Brust und fing an zu schnurren. Tatsächlich trug er mich ins Haus, setzte mich in der Küche ab und stellte mir ein Schüsselchen mit Milch hin. Begeistert machte ich mich darüber her, Milch hatte ich schon sehr lange nicht mehr getrunken.

Doch dann kam die Frau des Mannes in die Küche. »Was soll denn das?«, sagte sie. »Willst du uns etwa eine Katze anschleppen? Raus mit ihr!«

»Nicht alle Menschen mögen Katzen«, hatte Flecki einmal gesagt. »Du siehst es ihnen nicht an, aber du hörst es an ihren Stimmen, wenn sie mit dir sprechen.« Die Stimme dieser Frau war laut und böse. Und ihr Gesicht war mager und hart. Ich glaube, es ist nicht gut für Menschen, wenn sie zu mager werden. Für Katzen übrigens auch nicht.

Der Mann hatte offenbar auch Angst vor seiner Frau. Ich leckte noch schnell die letzten Milchtropfen aus dem Schüsselchen, da hob er mich schon hoch, trug mich hinaus und setzte mich vor der Haustür ab. »Tut mir leid«, sagte er noch, dann fiel die Tür ins Schloss. Und ich war wieder draußen. Allein. Aber immerhin mit einem Schüsselchen Milch im Bauch.

»Ich weiß nicht, wo ich es noch versuchen soll«, sagte ich zu Flecki. »Hier gibt es schon überall Haustiere.«

»Dann musst du es eben weiter weg versuchen, Schätzchen«, antwortete sie.

»Ich will nicht weg«, sagte ich. »Dann werde ich dich nicht mehr treffen.«

Sie rieb ihren Kopf an meiner Schulter, der rechten, und strich auch kurz über meine Narbe. »Ach, Schätzchen«, sagte sie beruhigend. »Ich werde dich immer finden, und du mich ebenfalls. So weit können wir gar nicht voneinander getrennt sein. Was macht es schon, wenn wir ein paar Straßen weiter gehen müssen. Lauf und such im Nachbarviertel. Und warte nicht zu lange, es wird von Tag zu Tag kälter.«

Damit hatte sie recht. Die Menschen liefen in dicken Daunenjacken herum, als wäre schon Winter, und die Kinder hatten Wollmützen auf den Köpfen, wenn sie in ihren gefütterten Anoraks morgens in die Schule gingen. Es gab auch von Tag zu Tag weniger Mäuse, selbst als es aufgehört hatte zu regnen. Ich überlegte, ob sie gelernt hatten, sich vor mir zu verstecken. Vielleicht waren sie den Sommer über auch ein bisschen schlauer geworden? Doch das konnte ich mir nicht vorstellen. Vermutlich gab es in der kälteren Jahreszeit einfach weniger Mäuse. Seltsamerweise hatte ich mir nie überlegt, ob Katzen auch im Winter Mäuse fangen konnten oder nicht.

Es sprach wirklich alles dafür, dass ich dringend ein neues Zuhause brauchte. Und weil mir hier in der Gegend keine Möglichkeit mehr einfiel, musste ich es wohl oder übel weiter weg versuchen, wie Flecki es mir geraten hatte. Aber das fiel mir nicht leicht. Wir Katzen wandern nicht kilometerweit herum, wie streunende Hunde das zum Beispiel tun. Vier, fünf Straßen und vielleicht zwei Dutzend Gärten, das ist unser Revier. So sind wir Katzen nun mal. Wir lieben unser Viertel. Und ich bin, wie schon gesagt, besonders treu veranlagt.

Nur widerwillig streunte ich durch unbekannte Straßen, vorbei an unbekannten Häusern, vorbei an unbekannten Gärten. Aber ich hatte keine Wahl, ich brauchte ein neues Zuhause, in dem ich meine Jungen auf die Welt bringen und in aller Ruhe aufziehen konnte. Aber das war auch hier, in diesem anderen Viertel, gar nicht so einfach. An einigen Gartentoren hingen Schilder mit *Vorsicht, bissiger Hund* oder *Hier wache ich*, mit einem gemalten Hundekopf darüber. Und in anderen Häusern gab es schon eine Katze, wie ich entweder sah oder riechen konnte. Und diese Katzen verscheuchten mich, sie wollten das, was sie besaßen, nicht mit mir teilen.

Ich versuchte es in einem Haus ohne Hund und ohne

Katze. Von außen sah es ja ganz hübsch aus, mit einem gepflegten Vorgarten und bunten Vorhängen an den Fenstern. Aber die Frau, die darin wohnte, war überhaupt nicht hübsch. Sie jagte mich sofort hinaus.

Ich wurde von Tag zu Tag magerer. Nur mein Bauch wölbte sich langsam. Wenn ich mich sauber leckte, spürte ich deutlich, wie er sich gegen meine eingefallenen Rippen abhob. Hätte ich mich nicht an Flecki gehalten, die immer mal wieder eine Mülltonne für uns umwarf, wäre ich glatt verhungert.

Die Nächte wurden noch kälter. Ich fror entsetzlich auf meinen Säcken. Eines Morgens waren alle Pflanzen von einer dünnen, weißen Eisschicht überzogen. Nicht nur die Bäume, auch das Gras. (»Der erste Raureif«, hörte ich in Gedanken Emma sagen. »Schau doch, Kitty, wie schön die Welt aussieht.« Ich fände sie auch schön, dachte ich, wenn ich den Reif von einem gut beheizten Zimmer aus durch das geschlossene Fenster betrachten könnte.) Ich leckte an dieser Eisschicht. Sie war kalt, schmeckte aber besser als das abgestandene, faulige Wasser im Teich. Nur – satt wurde ich nicht davon. Ich glaube, ich wusste überhaupt nicht mehr, wie das ist, wenn man satt ist. Ich wurde immer dünner und immer trauriger.

Ich machte weitere Versuche, die aber alle misslangen. Einmal landete ich bei einer Familie, bei denen der Mann und die Frau ganz nett waren. Aber sie hatten einen fünfjährigen Sohn, der sich schnell als Katzenquäler entpuppte. Er versuchte zum Beispiel, seiner kleinen Schwester weiszumachen, dass Katzen es genießen, wenn man sie an den

Schnurrhaaren und am Schwanz zieht. Solche Zustände konnte man keiner Katze zumuten. Ich floh.

Abends vor dem Einschlafen fragte ich Kassandra, ob sie eine Idee für mich hätte. »Mach dir keine Sorgen, Kitty«, sagte sie. »Es wird alles wieder gut.«

Die hat gut reden, dachte ich, schließlich lebt sie ja nur in meinem Kopf. Und zum ersten Mal dachte ich: Wozu rede ich überhaupt mit ihr?

31

Findet man ein gutes Essen, ist jede Vorsicht schnell vergessen.

von mir

Ich spürte, wie meine Jungen sich in mir bewegten. Erst wusste ich gar nicht, was dieses seltsame Grummeln in meinem Bauch bedeutete, aber Flecki erklärte es mir. »Sie werden bald kommen«, sagte sie, »in spätestens zwei, drei Wochen.«

In zwei, drei Wochen, dachte ich erschrocken. Und ich habe noch immer kein Zuhause, in dem ich sie auf die Welt bringen und in aller Ruhe aufziehen kann.

An Tagen, an denen es mir einigermaßen gut ging und ich nicht gerade besonders hungrig war, weil ich eine oder zwei Mäuse gefangen oder Flecki eine besonders ergiebige

Mülltonne gefunden hatte, freute ich mich auf meine Jungen. Ich liebte sie jetzt schon, obwohl ich sie noch nicht gesehen hatte. Wie viele es sein würden, wusste ich natürlich nicht, aber Flecki meinte, nach meinem Bauch zu urteilen würden es wohl zwei sein, höchstens drei. »Bei Katzen, die zum ersten Mal Junge bekommen, sind es selten mehr«, sagte sie.

Bestimmt ist ein blaugraues Katerchen dabei, dachte ich und sah es schon vor mir. Nicht als Engerling, sondern als Katze im Miniformat. Wie ein kleiner Bruno eben.

»Wenn ein blaugraues Katerchen dabei ist«, sagte ich zu Flecki, »werde ich es Bruno nennen.«

»Versteif dich nicht darauf«, antwortete sie. »Keine Katze kann im Voraus wissen, wie ihre Jungen aussehen werden.«

Aber hoffen und wünschen durfte man ja.

So dachte ich, wenn es mir gut ging.

Wenn ich aber nass, durchgefroren und hungrig war, sah ich mich im Geist auf meinen Säcken liegen und zuschauen, wie meine Jungen eines nach dem anderen starben, weil mein geschwächter Körper nicht genug Milch produzierte. Auch Anusch hatte zwei ihrer Jungen bald nach der Geburt verloren. Doch die Kleine, die ihr geblieben war, entwickelte sich prächtig und sah schon fast aus wie ein Kätzchen. Anusch war umgezogen, aus dem Backofen in eine Ecke unter dem morsch gewordenen ehemaligen Brotregal, damit die Kleine bei ihren ersten Krabbelversuchen nicht abstürzen und sich die zarten Knochen brechen konnte.

Ich schlief also weiterhin im Schuppen der alten Bäckerei, auf meinen Säcken, und tagsüber streunte ich, auf der Suche nach einem neuen Zuhause, durch die fremden Straßen des

Nachbarviertels, die allmählich gar nicht mehr so fremd waren. Aber meine Hoffnung auf ein Wunder nahm von Tag zu Tag ab, und ich spürte, wie ich zunehmend mutloser wurde.

Und dann, als ich schon kaum mehr damit rechnete und es nicht mehr zu hoffen wagte, geschah es doch, das Wunder, das sich zuerst als leichtsinniges Abenteuer darstellte und all meine Sinne in Aufruhr brachte.

Es fing damit an, dass ich durch eine Straße mit vielen Geschäften und noch mehr Menschen lief. Es war ein später Nachmittag, die Leute hatten es eilig und achteten nicht auf mich. Im Gegenteil, ich musste aufpassen, dass ich keine zufälligen oder auch absichtlichen Fußtritte abbekam. Vor der Metzgerei drückte ich mich an die Hauswand, festgehalten von dem Geruch nach Fleisch und Wurst. Ab und zu stieß ich ein sehnsüchtiges Miau aus, das aber keiner zu hören schien, geschweige denn, dass jemand reagierte und mir zum Beispiel ein Stück Wurst hinwarf.

Dann sah ich, wie ein Mann, der mir vage bekannt vorkam, sein Fahrrad in den Ständer schob, bevor er die Metzgerei betrat. Auf dem Gepäckträger war eine Tasche eingeklemmt, aus der ein wunderbarer Geruch kam, ein Geruch, der mir auf der Stelle den Verstand zu rauben schien, ein Geruch, den ich kannte. Nach Fisch. Genauer gesagt, nach Bücklingen, nach diesen goldbraunen, fettglänzenden geräucherten Fischen, die ich besonders liebte.

Sofort sah ich unsere Küche vor mir. Auf dem Herd blubberte der Topf mit Pellkartoffeln und Emma saß am Tisch, hatte ihre Schürze mit dem Aufdruck *Hier koche ich* umgebunden und eine Zeitung vor sich ausgebreitet, darauf standen zwei Teller. Auf dem einen lag der Bückling, den sie zerteilen wollte und dessen Geruch mir den Kopf verdrehte.

Ich saß auf dem Stuhl daneben und verfolgte hingerissen jede ihrer Bewegungen, sah, wie sie den Kopf und den Schwanz des Fisches abschnitt und auf die Zeitung legte. Dann löste sie die goldbraune Haut, bevor sie das Bücklingsfilet von den Gräten abhob und auf den leeren Teller schob. Das Wasser lief mir im Mund zusammen, sodass ich schlucken musste vor Aufregung.

»Hier, du Gierhals«, sagte Emma und hielt mir ein kleines Stück Bückling hin, das ich sofort verschlang. Ich wusste, dass ich später, wenn sie sich zwei Pellkartoffeln und ein Stück Butter neben den zerteilten Bückling gelegt hätte, ein etwas größeres Stück abbekommen würde. Schließlich war Fisch »gesund für kleine Katzen«.

Jetzt, in der fremden Straße, hinter mir die Metzgerei und vor mir das Fahrrad mit der aufreizend duftenden Tasche, wurde mir ganz schwindlig. Es war schon so lange her, dass ich Bücklinge gegessen hatte.

Ich schaute mich vorsichtig um. Aber die Vorsicht war absolut unnötig, die Leute eilten in die eine oder die andere Richtung, ohne auf das Fahrrad und die Tasche zu achten, als wäre sie nicht interessant, als würde sie nicht diesen besonderen Geruch verströmen. Jedenfalls liefen sie einfach an mir und dem Wunder vorbei. (Nun ja, Menschen haben ziemlich stumpfe Sinne, sie hören und riechen viel schlechter als wir und sehen auch viel weniger, vor allem bei Dunkelheit. Darin sind wir Katzen den Menschen weit überlegen.)

Ich schaute nach rechts, ich schaute nach links. Keiner beachtete mich. Trotzdem zögerte ich. Ein paar Meter weiter standen zwei Frauen mit Einkaufstüten in den Händen und unterhielten sich. Eine von ihnen, eine Frau mit einem blonden Pferdeschwanz und einem roten Plüschmantel, wandte plötzlich den Kopf und schaute in meine Richtung, als würde sie ahnen, was ich vorhatte. Ich hielt erschrocken die Luft an. Aber ihr Blick wanderte über mich hinweg, als gäbe es mich nicht. Mit einem Schulterzucken wandte sie sich wieder ihrer Gesprächspartnerin zu, einer Frau in einer Jacke aus schwarz-weißem Wollstoff, ein Muster, das Emma Pepita genannt hätte. Sie stellte gerade ihre beiden Einkaufstüten ab, offenbar hatte sie vor, das Gespräch in die Länge zu ziehen. Ein kleines Mädchen in einem grellbunten Anorak, das an der Hand seiner Mutter lief, streckte den freien Arm nach mir aus, aber bevor ich noch erschrecken konnte, hatte die Mutter das Kind bereits weitergezogen.

Ich atmete erleichtert auf.

Ich stand also da, neben dem Fahrrad mit der Tasche auf dem Gepäckträger, und der Geruch wurde immer unwiderstehlicher. Ich konnte mich nicht mehr beherrschen und landete mit einem Satz in der Tasche, die über mir zusammenklappte, sodass ich auf einmal nichts mehr sah. Doch das war auch nicht nötig, meine Nase hatte mir längst gesagt, was sich unter dem dicken Einwickelpapier verbarg. Ich zerfetzte es regelrecht, bis ich den Bückling erreichte, mir mit den Krallen ein Stück herausriss und es verschlang.

Es schmeckte köstlich, so köstlich, dass mir fast die Sinne schwanden vor Glück und Gier. So etwas Wunderbares hatte ich schon lange nicht mehr zwischen die Zähne bekommen. Es schmeckte noch viel köstlicher als in meiner Erinnerung. Mit Krallen und Zähnen arbeitete ich mich um Haut, Kopf und Gräten herum und aß ein Bröckchen nach dem anderen. Eigentlich hätte ich jetzt aufhören sollen, ich hatte schon mehr als die Portion gegessen, die Emma mir zugeteilt hätte, und ich wusste ja, dass ich dazu neigte, mich zu überfressen, wenn es sich um besondere Leckerbissen handelte. Nicht umsonst hatte Emma mich oft »Gierhals« genannt.

Ich hätte aufhören sollen, aber ich tat es nicht. Selbstbeherrschung war noch nie meine Sache. Ich verschlang ein Stück Bückling nach dem anderen und hatte das Gefühl, im Schlaraffenland angekommen zu sein, diesem Wunderland, von dem Emma mir einmal erzählt hatte. Dort legten sich die Menschen faul ins Gras und die gebratenen Tauben flogen ihnen direkt in den Mund.

»Und was ist mit Katzen?«, hatte ich gefragt.

Emma hatte gelacht. »Katzen legen sich gemütlich hin und machen den Mund auf und dann fliegen ihnen die Mäuse direkt hinein. Oder Extras.«

Oder Bücklinge, dachte ich jetzt und seufzte bedauernd, weil ich spürte, dass ich allmählich satt wurde und Angst hatte, ich könnte den Überfluss nicht ganz ausnutzen. Schade.

In diesem Moment fiel von oben ein schweres Päckchen auf mich, dann bewegte sich das Fahrrad und ich hörte vor Schreck auf zu essen.

Ich hatte den richtigen Zeitpunkt für den Absprung verpasst.

32

Es mag vielleicht
nur Zufall sein,
am Ende zählt
das Glücklichsein.

von mir

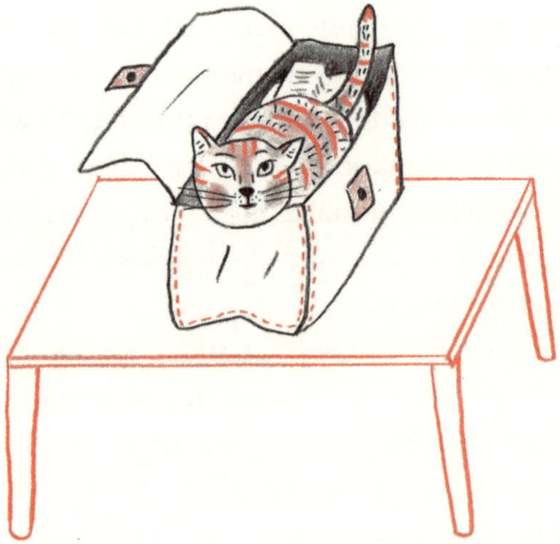

Das Fahrrad bewegte sich unter mir, und als es um eine Kurve bog, rutschte ich zur Seite und wurde an die Taschenwand gedrückt. Das Plastik fühlte sich an meiner Narbe kalt an. Die Tasche schwang leicht hin und her, und als das Rad über Kopfsteinpflaster fuhr, hüpften die Gräten unter mir auf und ab, als wäre der Fisch lebendig geworden. Mir war klar, dass ich aus der Tasche springen sollte, vom fahrenden Rad hinunter, aber das Paket, in dem sich, wie ich roch, Fleisch befand, lag schwer auf meinem Rücken. Außerdem konnte ich mich nicht von meiner Beute trennen. Ich war wie besessen vor Gier.

Nach einer Weile wurde das Fahrrad abgestellt, ich hörte, wie das Schloss einschnappte. Dann wurde die Tasche vom Gepäckträger genommen. Schritte gingen über Steinplatten, die Tasche schwankte hin und her und hin und her, mir wurde ganz übel davon. Oder von dem Bückling. Zweimal wurde eine Tür geöffnet und wieder geschlossen, und schließlich landete die Tasche mit einem Schwung auf einer festen Fläche, einer Tischplatte, wie ich später feststellte.

»Hallo, Thomas«, sagte eine Frauenstimme, die ich noch nie gehört hatte. »Du bist ja früh dran. Hast du alles bekommen?«

»Hallo, Lisa«, sagte der Mann, dessen Stimme mir vage bekannt vorkam. »Ja, ich habe zwei besonders fette Bücklinge gekauft. Und für morgen ein saftiges Suppenfleisch mit Knochen. Herr Stegfellner lässt dir einen schönen Gruß ausrichten.«

»Danke«, sagte die Frau, »dann werde ich bald die Kartoffeln aufstellen. Übrigens, heute Abend kommt ein guter Film im Fernsehen, da machen wir es uns gemütlich.«

Ich hörte Schritte, ich hörte einen schmatzenden Kuss, wie Emma ihn mir manchmal zum Spaß gegeben hatte. Ein Topf wurde aus dem Schrank genommen, Wasser rauschte, ein Stuhl schrammte über den Boden. Diese Geräusche kannte ich, fast fing ich an, mich zu entspannen.

Doch plötzlich wurde die Tasche aufgeklappt, ich spürte

es und sah es auch an dem Lichtstrahl, der an einer Ecke zwischen Einwickelpapier und Tasche hereinfiel. Erschrocken zog ich den Kopf zwischen meine Vorderpfoten. Es raschelte, als jemand erst das Paket aus der Tasche nahm und dann nach dem Einwickelpapier griff. Auf einmal wurde es ganz hell, ich kniff die Augen zu, als könnte ich mich dadurch, dass ich selbst nichts mehr sah, unsichtbar machen.

»Was ist denn das?«, rief die Frau. »Thomas, komm, schau doch!«

Ich blinzelte vorsichtig und sah zwei Köpfe, die sich über mich beugten, den einer Frau und den eines Mannes. Jetzt erkannte ich ihn, es war der Postbote, der Emma immer die Fernsehzeitung gebracht und manchmal eine Tasse Kaffee mit ihr getrunken hatte.

Die Frau, von der ich erst nur ein großes, flaches Gesicht unter braunen Haaren wahrnahm, starrte mich mit aufgerissenen Augen an.

»Na, so was«, sagte der Mann. »Wie konnte das nur passieren, ohne dass ich es gemerkt habe?«

Zwei große Hände näherten sich mir. Ich hatte das Gefühl, als würde mir das Herz stehen bleiben. Die beiden Hände legten sich um meinen Oberkörper, hoben mich vorsichtig heraus und setzten mich neben der Tasche und dem eingewickelten Suppenfleisch auf den Tisch.

»Wie siehst du denn aus?«, sagte die Frau. »Du bist ja halb verhungert.« Sie kam mit ihrem Gesicht näher und roch an mir. »Und stinken tust du wie eine ganze Fischhalle.« Sie strich mir über den Rücken.

Ihre Berührung war nicht unangenehm, trotzdem duckte ich mich. Mir war auf einmal so übel, dass ich mich auf den Tisch erbrach, ich konnte es einfach nicht mehr zurückhalten.

»Das waren die Bücklinge«, sagte die Frau, griff nach einer Küchenrolle und wischte das Erbrochene mit Papier weg.

»Ich glaube, ich kenne die Katze«, sagte der Mann. »Sie sieht aus wie die Katze der alten Frau Schwert vom Baumweg 8. Wenn ich mich recht erinnere, heißt sie Kitty.«

»Kitty mit Ypsilon«, sagte ich leise, aber das verstanden sie natürlich nicht.

»Sie hat sie meine rote Prinzessin genannt«, fügte der Mann hinzu. Und die Frau sagte: »Du musst sie gleich anrufen und ihr Bescheid sagen, dass ihre Katze in Sicherheit ist, sie macht sich doch bestimmt schon Sorgen.«

»Das geht leider nicht«, sagte der Mann. »Frau Schwert ist schon seit Monaten in einem Pflegeheim, das hat mir ihre Nachbarin erzählt. In dem Haus wohnen jetzt andere Leute.«

Der Mann ließ sich auf einen Stuhl fallen und stützte den Kopf auf. »Und was sollen wir jetzt machen?«

»Zuerst gehst du noch mal Bücklinge kaufen, dann sehen wir weiter. Wir können sie morgen früh ins Tierheim bringen und heute Nacht bleibt sie erst einmal hier. Und kauf eine Tüte Katzenstreu, damit sie uns nicht auf den Boden macht, und eine Dose Katzenfutter für morgen früh. Heute sollte sie besser nichts mehr fressen.«

Der Mann holte seinen Mantel aus dem Flur und wiederholte: »Bücklinge, Katzenstreu und eine Dose Katzenfutter.«

»Beeil dich«, sagte die Frau, »bevor der Supermarkt schließt!«

Er verließ die Küche.

Ich saß noch immer auf dem Tisch, mit eingezogenem Kopf und eingezogenen Pfoten, und versuchte zu begreifen, was die Frau gesagt hatte. Tierheim. Ich stellte mir einen Käfig vor, in dem man sich kaum umdrehen und nur zwei, drei Schritte machen konnte, wie Fips gesagt hatte. Ich zitterte am ganzen Körper.

Die Frau stellte mir ein Schüsselchen mit Wasser hin. Ich rührte mich nicht. Sie machte sich in der Küche zu schaffen, räumte das Fleisch in den Kühlschrank, wusch Kartoffeln und stellte sie auf. Dazwischen kam sie ein paar Mal zu mir an den Tisch und streichelte mir kurz über den Kopf. Ich duckte mich. Ich konnte nichts anderes denken als »Tierheim«, und bei dieser Vorstellung wurde mir so übel, dass ich mich gleich noch einmal erbrechen musste.

»Du Ärmste«, sagte die Frau. »Es geht dir nicht besonders gut, nicht wahr?«

Nein, es ging mir nicht gut. Es ging mir überhaupt nicht gut.

Die Frau lief durch die offene Tür ins Wohnzimmer und ich schaute mich vorsichtig nach einem Fluchtweg um. Die Küche sah ähnlich aus, wie unsere Küche ausgesehen hatte, Emmas und meine. Alles war mir irgendwie vertraut: der Herd, der Küchenschrank, eine Spülmaschine, der Tisch, um den vier Stühle standen, eine Anrichte, ein großer Kühlschrank, eine Nirosta-Spüle. Und dem Herd gegenüber war eine offene Tür, durch die man die gefüllten Regale einer Vorratskammer sah. Aber einen Fluchtweg konnte ich nicht entdecken, das Fenster war nur gekippt.

Die Frau kam zurück und legte ein hellgrünes Kissen unter die Heizung. Dann hob sie mich hoch und setzte mich darauf. »Hier«, sagte sie, »da kannst du dich ein bisschen aufwärmen.« Sie stellte die Wasserschüssel neben mich. Ich war auf einmal so müde und erschöpft, und das Kissen war so weich, dass ich mich tatsächlich hinlegte. Mein Kopf fühlte sich ganz wirr an. Kassandra, dachte ich, bekam aber keine Antwort. Voller Sehnsucht dachte ich an Emma, an Flecki und Bruno und sogar an Anusch und die kleine Lilli. Ich schloss die Augen, um sie vor mir zu sehen.

Und dann muss ich eingeschlafen sein. Nicht weil ich mich wohlfühlte, sondern aus Angst. Ich glaube, schlafen war in diesem Moment eine Möglichkeit, der Gegenwart zu entfliehen. Und außerdem schlafen wir Katzen sowieso sehr viel, viel mehr als Menschen. Jedenfalls saßen, als ich die Augen wieder aufmachte, der Mann und die Frau am Tisch, aßen Bücklinge mit Pellkartoffeln und unterhielten sich.

Über mich. Ich lauschte angespannt, mir entging kein Wort.

»Wir könnten sie auch behalten«, sagte die Frau.

»Warum? Wir haben nie eine Katze haben wollen.«

Die Frau schüttelte den Kopf. »Das stimmt nicht. Es ist nicht so, dass wir keine Katze haben wollten, wir haben nur nie darüber nachgedacht. Hätten wir das getan, hätten wir vielleicht sehr wohl eine haben wollen. Ich glaube, ich hätte eine gewollt.«

»Warum hast du das nie gesagt?«

»Weil ich nicht daran gedacht habe. Ich habe ganz vergessen, wie sehr ich Katzen mag. Meine Oma hatte welche, und sie waren der Grund dafür, dass ich immer zu ihr wollte.«

Beide aßen schweigend weiter. Ich wusste nicht, was ich empfinden sollte, Hoffnung oder Angst oder irgendetwas, das ich nicht benennen konnte. Ich schloss die Augen.

Das Klirren des Geschirrs bedeutete, dass die Frau den Tisch abräumte. Dann bückte sie sich zu mir und strich mir über den Bauch. »Sie ist trächtig«, sagte sie zu dem Mann. »Sie wird Junge bekommen. Und kleine Katzen sind besonders niedlich.«

»Woher weißt du das?«

»Die Katzen meiner Oma haben immer wieder Junge bekommen.«

Ein Stuhl wurde gerückt, ich hörte, wie der Mann zur Vorratskammer ging und wieder zurückkam. Ein »Ploff« war zu hören, wie früher, wenn Emma ihre Portweinflasche öffnete. Ich machte die Augen auf.

Er stellte zwei Gläser auf den Tisch und goss Wein aus der Flasche. »Dann, Liebling«, sagte er, »trinken wir einen Schluck auf unsere neue Mitbewohnerin.«

Mir schwirrten die Gedanken wie Bienen durch den Kopf. Was sollte das heißen? Hatte ich durch Zufall oder Dummheit eine Familie gefunden? Ich wagte nicht, es zu glauben. Unsicher stand ich auf und trank. Dann strich ich um die Beine der Frau, sorgfältig und geduldig, wie Betty es der kleinen Pajka erklärt hatte.

»Wir könnten ihr neben der Terrassentür eine Katzenklappe bauen, wie die Kochs eine haben«, sagte der Mann.

»Das hat noch Zeit«, antwortete die Frau. »Bis sie ihre Jungen bekommt, sollte sie im Haus bleiben. Es kann nicht mehr sehr lange dauern.«

Die Frau bückte sich, hob mich hoch und nahm mich auf den Schoß. Sie streichelte mich vorsichtig, überhaupt nicht aufdringlich, als wollte sie sagen: Keine Angst, du kannst so bleiben, wie du bist.

»Wir könnten Frau Schwert ja mal im Heim besuchen und Kitty mitnehmen«, sagte sie plötzlich, ohne mit dem Streicheln aufzuhören. »Das würde ihr bestimmt Freude machen.«

»Tiere sind dort nicht erlaubt«, sagte der Mann. »Leider.«

Die Frau lachte. »Wir können sie ja in die Einkaufstasche packen, da passt sie leicht rein, wie wir heute gemerkt haben. Dann sieht sie keiner, und wir können sie herausnehmen, wenn wir mit Frau Schwert allein sind.«

»Du bist mir eine«, sagte der Mann, und ich dachte: ... eine ganz Schlaue!

Irgendwann gingen sie schlafen, nicht ohne mich auf mein Kissen gesetzt und mir Gute Nacht gewünscht zu haben. Die Türen zum Wohnzimmer und zum Schlafzimmer ließen sie offen.

Ich wartete, bis sie im Bad gewesen waren und im Schlafzimmer das Licht ausgemacht hatten und noch ein bisschen länger, bis ich dachte, jetzt müssten sie eingeschlafen sein. Ich hörte, wie Regen gegen das Küchenfenster schlug, und sprang hinauf auf das Fensterbrett. Es regnete heftig. Ich musste nicht hinaus in den Regen. Im Licht der Straßenlaternen sah ich auch, dass sich die Bäume auf der anderen Straßenseite im Wind zur Seite neigten. Ich musste auch nicht hinaus in den Wind.

Dann inspizierte ich die Wohnung im Dämmerlicht der Straßenlaternen.

Das Wohnzimmer war gemütlich, mit einem Sofa und zwei Sesseln. Und mit weichen Kissen, so wie wir Katzen es lieben. Langsam, ganz langsam stieg Freude in mir auf. Hier konnte ich es aushalten, hier konnte ich meine Jungen auf die Welt bringen. Ich setzte mich auf das Sofa und begann mich zu putzen. Gründlich.

Dann schlich ich vorsichtig ins Schlafzimmer. Da lagen sie beide und schliefen. Der Mann schnarchte leise, so leise, wie Emma immer geschnarcht hatte. Die Frau lag auf dem Rücken, wie Emma immer gelegen hatte, die eine Hand auf der Zudecke, den anderen Arm zur Seite gestreckt. Sie trug ein geblümtes Nachthemd. Ich sprang auf das Bett und schnüffelte an ihr. Jeder Mensch hat einen eigenen Geruch, an dem man ihn auch mit geschlossenen Augen erkennen kann. Sie roch anders als Emma, aber nicht unangenehm.

Ich betrachtete die Stelle zwischen ihrem Hals und der Schulter und leckte vorsichtig über ihre Wange. Sie schmeckte gut. Ein bisschen nach Vanille. Ohne lange zu überlegen, rollte ich mich in die Kuhle. Kassandra, dachte ich, ich glaube, es wird alles gut. »Natürlich wird es gut«, antwortete Kassandra mit Fleckis Stimme. »Du hast es geschafft, Schätzchen.«

Nachwort

Ich habe Glück gehabt. Ich hatte Emma, die beste Pflegemutter, die man sich vorstellen kann, ich habe eine glückliche Kindheit und Jugend erlebt. Und ich hatte Freunde, Bruno, Flecki und Anusch, die mir über schwierige Zeiten hinweggeholfen haben.

Und nicht genug damit, habe ich Thomas und Lisa gefunden, die mich bei sich aufgenommen und mir ein Heim geboten haben, wo ich in Ruhe und Sicherheit meine Jungen bekommen konnte. (Übrigens: Es waren drei, *Bruno,* ein graublaues Katerchen, eine rot getigerte Kätzin, der ich den Namen *Kassandra* gab, und meine Kleinste, die ich *Mini* nannte.)

Mir geht es gut. Und wenn ich mir etwas wünschen dürfte, dann wäre es das: Dass die Menschen nicht nur kleine Tierkinder zu sich nehmen wollen, die natürlich mit ihren großen Augen und ihrer Tapsigkeit anrühren, sondern auch erwachsene Tiere, die aus den verschiedensten Gründen ihr Zuhause verloren haben. Vielleicht weil ihre früheren Menschen alt geworden oder gestorben sind, vielleicht aber auch, weil sie ihnen unbequem geworden sind. Das soll es ja geben.

Auch Tiere haben ein Anrecht auf eine zweite oder dritte Chance.

Kitty.

Inhalt

Zitathinweise

Das Motto stammt aus *Journale und Aufzeichnungen* von Søren Kierkegaard.

Emmas Satz auf Seite 21 variiert ein berühmtes Zitat aus Douglas Adams, *Per Anhalter durch die Galaxis.*

Der Satz auf Seite 35 stammt aus dem Disney-Film *Das Dschungelbuch* von 1967, nach den Erzählungen von Rudyard Kipling.

Emmas Lied auf Seite 98 stammt aus *Carmina Burana* von Carl Orff.

Bei dem Satz über Katzen auf Seite 128 handelt es sich um eine Variation des Satzes von Loriot: »Ein Leben ohne Mops ist möglich, aber sinnlos.«

Der Satz, den Anusch auf Seite 144 zitiert (»Etwas Besseres als den Tod ...«), stammt aus dem Volksmärchen *Die Bremer Stadtmusikanten* der Brüder Grimm.

Mirjam Pressler, geboren 1940, lebt in Landshut. Sie gehört zu den renommiertesten Kinder- und Jugendbuchautoren. Ihre Bücher wurden vielfach ausgezeichnet, darunter Romane wie *Wenn das Glück kommt, muss man ihm einen Stuhl hinstellen, Malka Mai* und die Biografie der Anne Frank *Ich sehne mich so.* Zuletzt erschienen von ihr bei Beltz & Gelberg die Romane *Nathan und seine Kinder* und *Ein Buch für Hanna*. Für ihr literarisches Gesamtwerk wurde sie u.a. mit der Carl-Zuckmayer-Medaille, der Buber-Rosenzweig-Medaille, dem Deutschen Bücherpreis, der Corine und dem Sonderpreis des Deutschen Jugendliteraturpreises ausgezeichnet.

Rotraut Susanne Berner, geboren 1948 in Stuttgart, hat in München Graphik-Design studiert. Seit über 40 Jahren gestaltet und illustriert sie Bücher für Erwachsene und für Kinder, für die sie auch eigene Texte schreibt und herausgibt. Ihre Arbeiten wurden mit vielen nationalen und internationalen Preisen ausgezeichnet: 2006 mit dem Sonderpreis des Deutschen Jugendliteraturpreises und 2016 mit dem internationalen Hans-Christian-Andersen-Preis und dem Großen Preis der Akademie für Kinder- und Jugendliteratur. Bei Beltz & Gelberg erschienen neben ihrem Bilderbuch *Das Abenteuer* auch ihre Illustrationen zu den Büchern von Jürg Schubiger, darunter *Als die Welt noch jung war*.